JN142004

竹書房

# はじめに

1995年のドラフト会議で読売ジャイアンツから3位で指名され、翌1996年から私のプロ野球人としての人生が始まった。ちなみにこの時の2位指名が仁志敏久選手であり、仁志選手は実力でレギュラーを勝ち取り、私は運よくルーキーイヤーから一軍でプレーすることができた（1年目の私の成績は107試合に出場して打率2割9分3厘。打席数は307で規定打席には達しなかった）。

そこから私はジャイアンツで13年間プレーし、2009年からはリーグを移し、埼玉西武ライオンズに移籍。ライオンズで1年間お世話になった後、私はセ・パ両リーグで合計14年間の現役生活に終止符を打った。

ジャイアンツ時代、入団直後は長嶋茂雄監督（現読売巨人軍終身名誉監督）の下でプレーし、その後、原辰徳さん（現読売巨人軍監督）、堀内恒夫さんが監督となった。当時、三氏の下でプレーができたことはもちろんだが、チームメイトとして松井秀喜選手（後にメジャーリーグに渡り、ニューヨーク・ヤンキースなどで活躍）や高橋由伸選手（前読売巨人軍監督）、阿部慎之助選手、さらには落合博満選手や小久保裕紀選手など、錚々たるメンバーとともに野球ができたことは私にとって何物にも代えがたい財産となった。

周囲の人たちに支えてもらいながら小さな積み重ねを繰り返し、ジャイアンツでレギュラーとして1・2番を打たせてもらえて、こんな私でも10年以上プロ野球生活を送ることができた。

しかし、私自身はプロで成功したなどとは微塵も思っていない。現役時代は常に全力を尽くしてきたが、超一流と呼ばれる選手たちと比べて「自分はずいぶんと劣っている」と感じることばかりだった。

でも14年間、プロとして何とか生き残ってプレーすることはできた。突出した能力があったわけでは決してないが、私なりに試行錯誤を繰り返し、その都度最善の道を追求してきた結果が「14年間」に表れているように思う。

現役引退後はジャイアンツで2011年から5年間コーチを務め、その後2017~2018年には侍ジャパンU-15の監督も経験することができた。その間、選手たちと接しながら、彼らを「指導する」というよりは「こんな風にしたらどう?」「こんなやり方もあるよ」と、先へ進むための私なりのヒントを伝えてきたつもりだ。

現役として14年、コーチとして5年、侍ジャパンU-15の監督として1年、計20年の中で私は様々な選手、指導者と接し、プロで生き残っていくための厳しさを学ぶとともに「プロで成功するためには、どうしたらいいのか?」を常に考え続けてきた。

ジャイアンツ時代には、身近にいた超一流選手たちの背中を見てたくさんのヒントをもらい、またコーチ時代には二軍でくすぶっている選手の日常をつぶさに観察し「なぜ彼らは、思うような結果が出せないのか」を考えた。一流と呼ばれる選手が結果を出し続けるその裏で、人知れず消えていく選手がたくさんいる。プロで成功する人としない人の差は何なのか? ひとまず20年の集大成ともいえる私なりの考えを、本書にまとめさせていただいた。

私がよく思うのは「結果を出すために〝絶対の正解〟はない」ということである。目標に到達するための道はひとつではない。目標を達成する方法、あるいは自分の理想に近づくやり方は無限にある。

私が本書に記したのは「私はこうやってきました」「私はこう思う」というひとつの考え方、方法論を挙げただけであって、それが決して正解ではないことをみなさんには忘れないでいただきたい。

本書で私が示したいろいろなやり方、方法、考え方は、「絶対」ではないし、「正解」でもない。あくまでもひとつの「ヒント」である。私ごときの人間が本を出版するなど大変おこがましいが、それでも私の考えがみなさんの参考となり、それぞれの道を切り開く手助けになるのであれば、著者としてこれほどうれしいことはない。

# プロで成功する人しない人

目次

## 第1章 なぜ私はプロ野球選手になれたのか？

## 第2章 強運を招く秘訣

## 第3章 超一流選手から学んだこと

## 第4章 プロで生き残るための職人技

## 第5章　伸びる選手と伸びない選手はどこが違うのか？



## 第6章　侍ジャパンU-15監督を務めて見えたもの

第1章

# なぜ私はプロ野球選手になれたのか？

## プロ1年目でいきなり体験した「メークドラマ」

「はじめに」で少し触れたが、私は運よくプロ入り1年目から一軍でプレーすることができ、2年目からは外野のレギュラーに定着。3年目からは仁志選手と1・2番でコンビを組むことが多くなった。

当時のジャイアンツのトップは長嶋監督だった。ルーキーとして初めて長嶋監督に会った時、私は生まれて初めて「オーラ」というものを感じた。「オーラのある人って、こういう人のことをいうのか」と、最初はその存在感にただただ圧倒されるばかりだった。

プロ1年目で一番記憶に残っているのは、何といっても11・5ゲーム差をひっくり返してジャイアンツがリーグ優勝を成し遂げたことである。長嶋監督の発した「メークドラマ」という言葉で覚えていらっしゃる方もきっと多いだろう。

プロ1年目の1996年は、シーズン中盤まで広島東洋カープが首位を走っており、私たちジャイアンツは7月上旬の時点でカープに11・5ゲーム差をつけられていた。

実はこの時の大逆転優勝のきっかけと言われているのが、7月9日に札幌円山球場で行われたカープ戦での「9者連続安打」である（この試合の前の時点でカープは貯金21で首位を独走、ジャイアンツは借金1の3位だった）。

1点を先行された状態で2回裏ジャイアンツの攻撃。5番のシェーン・マック、6番の私が相次いで凡退し2アウトとなったのだが、奇跡はここから始まった。

その内訳はこうである。

7番・後藤孝志　レフト線二塁打
8番・村田真一　レフト前安打
9番・斎藤雅樹　ライト前安打
1番・仁志敏久　センター前安打

2番・川相昌弘　満塁本塁打
3番・松井秀喜　ライト前安打
4番・落合博満　右中間二塁打
5番・シェーン・マック　センター前安打
6番・清水隆行　ライト前安打

ジャイアンツはこのように9者連続安打の7得点で逆転。その後、カープの追い上げもあったが、私たちは10－8で勝利を収めることができた。

## ただ無我夢中だったルーキーイヤー

その後、リーグ終盤になると優勝争いはジャイアンツと中日ドラゴンズの2チームに絞られ、ジャイアンツの優勝が決まったのは129試合目となる10月6日のドラゴンズとの直接対決（ナゴヤ球場）だった。

名古屋での決戦といえば、この2年前の1994年に行われた「10・8決戦」を覚えていらっしゃる方も多いことだろう。ストッパーとして桑田真澄投手が登板し、最後のバッターを三振に仕留めてガッツポーズで締めくくったあの試合である。当時、私は東洋大学野球部の3年生であり、ひとりのジャイアンツファンとしてあの試合をテレビ観戦していたが、その2年後にまさか自分が同じような舞台に立つことになるとは思いもしなかった。

10月6日、夢見心地で臨んだ直接対決。私は5番・レフトでスタメン出場を果たした。ジャイアンツは、大森剛選手と私のソロホームラン、さらにマック選手の3ランで計5得点。その5点を宮本和知、木田優夫、河野博文、水野雄仁、川口和久の5投手によるリレーで守り切り、ジャイアンツは5－2で勝利を収めた。11・5ゲーム差をひっくり返す奇跡の逆転優勝。記念すべきこの試合で勝利に貢献できたことが、私にとっては何よりもうれしかった。

メークドラマのきっかけとなった9者連続安打の際に、最後の打者として放ったヒットの記憶はおぼろげながらも、優勝を決めた試合でのホームランは今でもまるで昨日のことのようにはっきりと覚えている。大事な試合なのだがプレッシャーはそれほど感じず、「こんな大切な試合でスタメンとして出場できている」といううれしさと「ありがたいな」という感謝の気持ちだけでプレーしていた。

だが正直に言えば、夏の時点でのゲーム差「11・5」という数字がどれほど大変なものなのか、当時の私はまだよく理解していなかった。また、チームの勝利を追い求めるより、まずは自分のことで精いっぱい。そのような状態であったから、「ただ無我夢中にプレーしていたら優勝していた」というのが実感である。

## 私と野球との出会い

プロ1年目にそれなりの結果を残し、いきなり優勝という経験までできたことも含め、振り返れば私の野球人生は、常に不思議な力のようなものが味方してくれていたように思う。

本書の中で明らかにしていくが、本当に私はプロ入りできるような実力を持った選手ではなかった。そんな私が、いかにしてプロ野球の世界にまでたどり着くことができたのか。その軌跡を本章では追っていきたいと思う。

私が野球を始めたのは、三つ年上の兄の影響である。幼少時から兄と一緒に野球をして遊び、小学1年生になった時、兄の所属していた地元（東京都足立区）のリトルリーグにごく自然な流れで私も入団した。

当時は子供の人数が多かった時代である。私のチームにも1～6年生まで総勢100名ほどの選手が在籍していた。私の代には優秀な選手が揃っていたこともあり、6年生の時には都大会を勝ち抜いて全国大会へ進出。そこでも快進撃を続け、私たちのチームは準優勝を収めた。

リトルリーグで最上級生となった時、私はクリーンナップを打つことが多かったが体格は決して恵まれていたほうではなく、たしか6年生時で身長147センチだったと記憶している。守備はサードやファースト、外野、たまにピッチャーなどいろんなところをやらせてもらっていた。

準優勝できた一番の理由は、ピッチャーにとてもいい選手がいたからである。エースだったそのチームメイトは球威、コントロールともに抜群で、彼がいたから私たちは決勝戦まで進むことができたといえる。彼がいなければ、きっと全国大会はおろか都大会すらも勝ち抜くことはできなかっただろう。

全国大会で準優勝するほどの成績を挙げたものの、私はリトルリーグ時代に野球が「楽しい」と思ったことはなかった。練習はかなり厳しいものだったし、指導者から褒められることもほとんどなかった。平日に友達と遊びでやる野球は楽しいが、チームでの野球はちっとも楽しいと思えなかった。しかし、まだ幼かった時期に、野球というスポーツを通じて礼儀や規律などを厳しく学べたことは大変よかったと思うし、それが今の自分にも生きている。

では、野球を楽しいと思わなかった私が、なぜ野球を続けてこられたのか。それを次項でお話しししたい。

## 私は究極の負けず嫌い
## ——野球を楽しいと思ったことはほとんどない

小学生時代、チームでプレーする野球が楽しいと思えなかったと先ほど述べたが、それ以降も中学、高校、大学、プロと私は野球を続けてきて、その間、野球を楽しいと思ったことはほとんどない。

そんな私がなぜ、野球を続けてきたのか？

いや、続けてくることができたのか？

それは、私が「究極の負けず嫌い」だからである。

私が思うに、何かひとつのスポーツ（あるいは勝負事）を続けている人は、それが楽しくてたまらない人か、あるいは私のように究極の負けず嫌いか、どちらかではないだろうか。

私にとって野球は決して楽しいものではなかったが、相手ピッチャーに、そして相手チームに負けるのが嫌だった。とにかく、誰かに負けるということが何よりも悔しかった。

だから苦しくても負けたくない（打ち取られたくない）から練習し、試合に臨んでいた。それを繰り返してきた結果、気がつけばプロ野球にまでたどり着いていたというわけだ。これは嘘偽りのない私の本当の気持ちであり、事実である。

私は今まで、野球以外の何か他のものに打ち込んだり、あるいは没頭したりしたことがあまりない。

そう考えると、もしかしたら「野球が好きだから続けてこられた」ともいえるのかもしれないが、自分には「野球が好き」という感情がまったくない。読者のみなさんには「そんな気持ちでよくプロまで行けたな」と呆れられてしまいそうだが、私はそれほどまでに負けず嫌いなのである。

でも、野球の練習や試合は楽しくなかったが、チームに在籍することでかけがえのない仲間ができた。野球を通じてつながりのできた友とは、今でもいい関係が続いている。彼らは私の人生にとって、大きな財産である。そのことだけは付け加えておきたい。

## 野球エリートではなかった中高時代

小学校を卒業し、中学生になっても私は硬式野球を続け、小学校時代と同じくチームメイトに恵まれ、3年生の時にはまた全国大会で準優勝することができた。そんな結果もあって、私自身の実力は決してそれほど高かったわけではないのだが、埼玉の強豪校として知られる浦和学院への進学が決まった。

リトルリーグ、さらに中学のポニーリーグで全国大会準優勝という好成績を収めることができたのは、チームメイトに恵まれたからであり、ある意味、私は運がよかったといえる。その流れで浦和学院に進学できたのも運である。振り返ってみれば、私の野球人生は後の大学時代も、そしてプロ入り後も、運というか不思議な力というか、自分の実力以外の何か特別な力によって導かれていったような気がする（そういった強運に関しては次章で改めて触れたい）。

浦和学院に進学したものの、在学中の3年間で甲子園出場は一度も果たせず、私の高校野球生活は終わった。

当時、高校球児だった私にとって、甲子園は絶対的な目標ではなかった。私の四つ年上の先輩に鈴木健さん（西武ライオンズ、ヤクルトスワローズなどでプレー）がいて、その頃の浦和学院は2年連続で夏の甲子園に出場するなどたしかに強かった。

だが、私たちの世代は谷間の世代というのだろうか。ひとつ下の代は、私たちが卒業してすぐに甲子園出場を果たしたのだが、私たちは3年間鳴かず飛ばずの状態。県大会での唯一の上位進出は、私が2年生の時の夏の決勝進出だった。

この埼玉県大会決勝で、浦和学院は北川博敏さん（阪神タイガース、大阪近鉄バファローズなどでプレー）を擁する大宮東高と対戦（ひとつ上の先輩だった北川さんはこの時キャッチャーだった）。私たちは、あとひとつ勝てば甲子園というところまで迫ったものの、結果は2－12の大敗だった。

決勝まで進んだとはいえ、10点差の大敗である。大宮東にコテンパンにされているから、チームとして「甲子園出場」という夢がリアルに描けなかった。そもそも私だけでなく、チーム全体に「絶対に甲子園に行こう！」というようなピリッとした空気はなく、今思えば低迷してもしょうがないチーム状態であった。

高校時代、浦和学院の同期には鷹野史寿（卒業後に国士舘大、日産自動車と進み、2000年から大阪近鉄バファローズ、2005年から東北楽天ゴールデンイーグルスでプレー）がいた。彼のバッティングを見て私は「こいつには勝てない」と思った（2年夏の時点で彼はレギュラーだったが私は補欠だった）。それくらい鷹野はいい選手だったが、ひとりふたりのいい選手がいるからといって埼玉県を勝ち上がれるわけもない。

そういったチームの雰囲気などもあり、元々甲子園に絶対の憧れを抱いていなかった私にとって、高校野球は「甲子園に行くため」ではなく、「大学に進学するため」のひとつの手段となっていったのである。

## なぜか東洋大学のセレクションに合格

高校3年最後の夏、私たち浦和学院は県大会ベスト32まで行ったところで敗戦。高校野球を終えた私は「野球はもういいかな」と感じていた。別に大学に進学して「これがしたい」という明確な目標や夢があったわけではない。でも、野球とはここで一区切りをつけ、勉強をして大学か専門学校に進むつもりで日々を過ごしていたのだ。

そんなある日、浦和学院の監督から「東洋大でセレクションがあるから受けてきなさい」という連絡があった。

記憶は定かではないが、このセレクションは夏の甲子園が始まる直前か、真っ最中に行われた。つまり、甲子園に出場を果たしたような全国的に有名な選手は参加していない。いわば、負け組のセレクションである（この時、後にジャイアンツでもチームメイトとなる川中基嗣〈京都・東山高〉がいたことはよく覚えている)。

先述したように私は高校で野球を辞めるつもりだったので、このセレクションもあまり乗り気ではなく、「監督に言われたのでしょうがなく」というのが正直なところだった。

セレクションでは東洋大の監督であり、大学野球界の名将としても知られる高橋昭雄監督（2017年に勇退）が、私たちのバッティングなどをずっと傍らから見ておられた。

とはいえ、アピールする気などあまりない私は、ただ淡々と言われたままにグラウンドでプレーするだけだった。ただ、いくらその気がなくても無気力プレーでダラダラしている姿を見せれば、それは浦和学院の名を汚すことにもなってしまう。だから気を抜いたプレーはしないように気を付けながら、黙々とメニューをこなしていった。

しかし、ここでも不思議な力が働いたのか、なんと私はセレクションに合格し、東洋大へ進学することとなった。セレクションで目覚ましいバッティングを披露したわけでもない。その後、高橋監督に「なぜ私が通ったのですか？」と伺ったこともないから、理由はまったくわからない。大学側も「ぜひともうちに来てください」という感じではなかったと思う。

しかし、私は運よく大学に進学できることになった。唯一の気がかりは、野球をまた4年間続けなければならなくなったことだった。

## 大学で野球を続けるもプロ入りなど夢にも思わず

東洋大野球部に入ったものの、私自身はそれほど周囲から期待されているわけではなかったと思う。だから入学したばかりの頃は完全な二軍メンバー扱い。レギュラーメンバーの練習の球拾いをしたり、野球部のグラウンドとは違う場所で練習したりしていた。

そんなある日のオープン戦で、私は監督から「ベンチに入れ」と呼ばれ、急遽試合に出場することになった。

そして、ここでも不思議な力が働いた。

なんとそこで私は、ホームランを打ったのだ。

名前もよく知らぬ新入りの1年生がホームランを打ったとあって、ベンチの先輩たちは一様に驚いていたが、一番驚いたのは他でもない、打った私自身である。

それから私はベンチ入りを果たし、1年生ながら試合にたびたび使ってもらえるようになり、秋の東都リーグ戦ではレギュラーになることができた（ポジションはライト）。

あの時に放ったホームランは、本当に〝運〟以外の何物でもない。私の野球人生でたびたび訪れる強運が、あの打席の時もやって来ていたようだ。

出だしはこのように順風満帆だった大学野球だが、2年生、3年生と相次いで足や手のケガに泣かされ続けた。1年生時には公式戦でホームランを4本打ったが、ケガの影響で2～3年の2年間はゼロ。コンスタントに試合に出場することができず、なかなか結果を出すこともできなかった。

4年生になってケガも癒え、4番打者としてレギュラーメンバーに復活。春のリーグ戦ではホームランこそ出なかったものの打率、打点ともにそれなりの成績を残し、チームはリーグ優勝することができた。

運がよかったのは、そのタイミングで大学野球の世界大会となるユニバーシアードと日米野球が行われたことである。春のリーグ戦で活躍した私は日本代表に選ばれ、両大会への出場を果たした。

これも後から考えて「運がよかった」としか言えないのだが、ユニバーシアードで私は1試合に2本のホームランを打った。以降、「プロ野球のスカウトが清水をチェックしている」という声が聞こえてくるようになってきた。

## 運命のドラフトでジャイアンツから3位指名

その後、ジャイアンツとパ・リーグの数チームが、どうやら私に興味を持っているようだとの情報も耳に入ってきた。だが、プロから多少注目されるようになったとはいえ、私の周囲（東都リーグ）の各大学にはドラフト1位指名されるような選手たちが揃っていたから、そんな超一流メンバーと比べれば私などは二線級、三線級に過ぎず、自分がプロ入りできるなどとは到底思えなかった。

私のひとつ上の代にはジャイアンツから1位指名を受けた河原純一投手（駒澤大）や入来祐作投手（亜細亜大→本田技研）、西武ライオンズに3位で入団した西口文也投手（立正大）がいたし、同級生にはリーグは違うが練習試合でたびたび対戦していた慶応大の高木大成（ライオンズから1位指名）や、明治大の中村豊（日本ハムファイターズから1位指名、現阪神タイガース二軍コーチ）がいた。さらにひとつ下にはチームメイトの今岡誠（阪神タイガースから1位指名）や、メジャーリーグなどでも活躍した井口資仁（青山学院大。福岡ダイエーホークスから1位指名。現千葉ロッテマリーンズ監督）もいた。

私は、彼らと同じグラウンドでプレーすることによって「プロに入る選手はこういう選手たちなんだ」というのを肌で感じていた。彼らと比べれば、私の実力などまったく大したことはない。だから自分がプロ入りできるなどとは、夢にも思えなかったのである。

そして迎えたドラフト当日。半信半疑で中継を見ていると、ジャイアンツは1位指名が東海大相模高の原俊介選手、2位（逆指名）が日本生命の仁志敏久選手だった。各チーム3位の指名が次々と発表されていく中、ジャイアンツの番となった時、「清水隆行」の名が読み上げられた。

テレビ画面には「清水隆行　東洋大学」の文字が映っているのに、なぜか指名されたという実感はまったく湧いてこなかった。そんな状態なので、当然うれしさや喜びも感じない。その瞬間を経てもなお、私の中には「自分がプロ野球選手になれるわけがない」という思いがあった。「ジャイアンツから指名されたんだ」と実感したのは、ドラフト会議が終わって周囲の人たちからお祝いの言葉を掛けられて、その後何時間も経ってからだった。

ちなみに、入団した年は異なるが、私と同い年のプロ野球選手（昭和48年生まれ）には錚々たるメンバーが揃っている。イチローを筆頭に小笠原道大、松中信彦、中村紀洋、小坂誠、磯部公一、カツノリ、ピッチャーでは石井一久、三浦大輔、黒木知宏など、挙げたらキリがない。

同期、さらに先輩、後輩にすごいメンバーが揃う中でプロ入りできて、その上プロの一軍でプレーすることができたのは、今さらながら信じられない思いでいっぱいである。

## 高橋由伸選手の入団で〝プロで生き残る道〟を考えるように

入団1年目、初めてキャンプに参加したが、その時に注目されていたのはドラフト2位で入団した仁志選手と、韓国の大学野球から直接ジャイアンツ入りを果たした趙成珉投手だった。私はといえば、さほどマスコミから注目されることもなく、そのため変なプレッシャーを感じることもなく初めてのキャンプを過ごすことができた。

次章で詳しく述べるが、キャンプを経て私は運よく開幕一軍入りを果たした。そして1年目こそ規定打席には達しなかったものの、2年目には規定打席に到達して打率も3割を超えた。

3年目は1番・仁志、2番・清水の打順が定着。またこの年から高橋由伸選手がチームに加わり、「松井・清原・高橋」のクリーンナップが形成された。

高橋選手の入団は、私自身にもいい意味で多大なる影響を与えてくれた。高橋選手の加入がなければ、私はプロ野球で通算14シーズンを過ごすことはできなかったと思う。

高橋選手が入団し、そのバッティングを間近で見た時、私は「これは勝てないな」と素直に感じた。私は究極の負けず嫌いだが、高橋選手のバッティングの技術、センスは私のレベルをはるかに凌駕していた。プロ入り1・2年目はただがむしゃらに目の前の一戦、一戦に臨んでいたが、高橋選手が現れたことによって私は自分の実力、立ち位置を否が応でも自覚せざるを得なかった。

ジャイアンツの外野には圧倒的な力を持った松井選手と高橋選手がいる。そうなると、空いている枠は残りひとつである。この一枠を勝ち取るために自分はどうしたらいいのか？　プロ入り3年目以降、私は常に「プロで生き残っていくための道」を真剣に考えながら、日々練習するようになった。

プロ入り3年目、私が生き残る道のひとつが、2番を打てるようになることだった。長嶋監督も「攻撃的な2番打者」を求めていた。

1番の仁志選手が出塁すれば、当然のことながらバントやエンドラン、スチールが考えられる。カウントによって打ち方もいろいろと考えなければならないし、その都度対応を変えていく必要があった。小学生で野球を始めてから大学時代まで、私はほとんどクリーンナップしか打ったことがなかったため最初はとても戸惑ったが、私が生きていくにはこの道を進む他ない。私は腹をくくり、「2番打者」として生きていく術を全力で探った。

## これが自分の生きる道
## ——プロ入り3年目以降に見えてきたもの

プロ入り3年目以降、私は生き残るための道を探し、その方向性が決まってからは、目指す場所にはどうすればたどり着けるかということだけを考え、日々を過ごしていた。

「自分はこうなりたい」という自ら掲げた夢や目標を追うのではなく、「生き残るには自分はどうしたらいいのか?」を考え、進むべき道、言い換えれば「登るべき山」を見つけ出す。そして登るべき山が見つかったら、「では、頂上まで行くにはどうしたらいいのか?」を考えるわけだ。

3年目以降は、前項で述べたように「2番打者」として生きる道を探っていったが、バッティングの基本的な部分に関しても、私は突き詰めて考えていかなければならなかった。

私は特別に足が速いわけではないし、守備だって内野も外野も守れるようなユーティリティプレーヤーではなかった。では「何で勝負するか？」といえば、必然的に「打つ」ことに絞られる。

バッティングでは、松井選手や高橋選手と長打力で競い合っても勝ち目はない。しかし、「ボールをバットに当てる技術」だったら、勝てないまでもそれなりに勝負できるのではないか。広角に打ち分け、ヒットの確率を上げる部分で勝負すれば、ジャイアンツで生き残っていけるのではないか。そこで私は、数字的には「3割超」を意識するようになった。

その後、プロ入り7年目となる2002年に、長嶋監督の後を継ぐ形で原監督が就任すると、私はチームの中で「1番」の役割を求められるようになった。

その年のシーズン開幕前、たしかキャンプ中だったように記憶しているが、私は原監督から「1番で行く」ということと、「相手ピッチャーの右投げ、左投げに関係なく1番として使っていく」ことを告げられた。

それまでの私は、相手の先発ピッチャーが左投げの場合にスタメンを外されることがあった。しかし、原監督は「右投げ、左投げで代えるくらいならお前を使わない」と言ってくれた。これは私自身、素直にうれしかったし、同時に「監督の期待に応えるためにもがんばらなければ」と身の引き締まる思いも感じた。

私はこの前年、規定打席には達していなかったものの自身最高打率となる3割2分4厘を記録し、自分で言うのも何だが打撃は好調だった。そして原監督新体制となったこの年、私は1番打者として自身最多安打数の191本のヒットを放ち、この年のリーグ最多安打のタイトルも獲得した。

2番には2番の、そして1番には1番の難しさがあったが、私は1番のほうがどちらかといえばシンプルな精神状態でバッターボックスに立つことができた。それがリーグ最多安打という好結果につながったのだと思う。

この年以降、私は打率よりも「安打数」を伸ばすことを意識するようになった。「ヒットを一本一本積み重ねていく」と考えるほうが、自分の性分には合っていたからだ。

原監督1年目の2002年、ジャイアンツはリーグ優勝、そして日本一の栄冠を勝ち取る。1番打者として最多安打の記録をつくったことより、監督の期待に応えられたこと、そして日本一に貢献できたことが私にはうれしかった。

## 「楽しい」だけでは一流になれない

スポーツの世界でよく聞く言葉で「楽しんでプレーしよう」というものがある。その流れからか、「練習も楽しくやろう」という考えが現代では主流になりつつあるようにも感じる。

楽しく練習し、楽しくプレーをして伸びていく人もいると思うので、私はこのやり方を否定する気は毛頭ない。ただ、私自身はどちらかといえば「楽しく」やるより「苦しんで」やってきて力を付けたタイプなので、「ある一定以上の力を付けようと思ったら〝楽しい〟だけではダメ」だと考えている。

楽しくやるにしても、その中に多少の「厳しさ」と「規律」を入れなければ、人の実力は伸びてはいかないと私は思う。だから、たとえば小学生のうちは「楽しい」だけでもいいが、中学、高校、大学とステージがレベルアップする中で実力を伸ばしていくには、「厳しさ」「苦しさ」といった壁のようなものが必要なのではないだろうか。

一流のアスリートが大一番を前に「今日は楽しみたいと思います」とか「失敗を恐れずに、思いっきりやるだけです」と口にしているのをたびたび耳にする。だが、あの言葉を額面通りに受け取ってはいけない。一流アスリートたちが発するああいった発言は、失敗する怖さ、あるいは負ける怖さを十分に知った上での、もっといえば一般の人たちが想像もできないような「厳しさ」「苦しさ」を乗り越えてきたからこそ発せられる言葉なのだ。そこを勘違いして、「楽しむ」というところだけを都合よく切り取って解釈してしまってはいけないと思う。

繰り返しになってしまうが、ある一定のレベルまではそのスポーツを「楽しむ」のは大切なことだと思う。でも、ある一定のレベルを越えようと思ったら、またそのレベルが高ければ高いほど、その壁を越えていくためには「厳しさ」

「苦しさ」といったものが必要になってくる。これは私の経験から言っていることなので必ずしも正解ではないかもしれないが、高いレベルを目指す人に、ひとつの考え方として参考にしていただければ幸いである。

## 3割の成功より、7割の失敗の「中身」に目を向ける

野球の世界では、「3割」を打てば好打者といわれる。10回中3回ヒットを打てば「いいバッター」だと評価されるわけだ。

人は誰でも失敗するより、成功するほうがうれしい。だからどうしても成功ばかりに目を向けがちだが、私がプロで14年間プレーして気がついたのは「成功だけではなく、失敗した内容にも目を向けることが重要」だということである。

たとえば、同じ打率のバッターがふたりいたとしよう。バッティングの特徴が似ており、ポジションも同じで守備力もそれほど変わらない場合、チームがスタ

ーティングメンバーに選ぶのはどちらの選手か？

成功の内容はほぼ同じなのだから、ふたりを比べるとすれば「7回の失敗」のほうに目をやらざるを得ない。監督やコーチは「どちらのほうが失敗の内容がいいか」を見て、どちらの選手を起用するか決めるだろう。

これはどの世界にも通じることかもしれないが、チームの責任者は部下の「成功の質」のみならず、「失敗の内容」もしっかり見ている。「成功すれば何でもOK」ではないし、「失敗したらすべてダメ」でもない。失敗の中身が次につながるいい内容であったり、「こいつなら何とかしてくれる」という雰囲気を醸し出したりしていれば、リーダーからの信頼度は増していく。プロで14年間プレーして、私は「失敗の質」の重要性を強く認識するようになった。

野球の試合が9イニングで終わったとすれば、アウトの数は27個。攻撃側にしてみればアウトは失敗であり、守備側にしてみればアウトは成功である。しかし、その失敗（アウト）をいかにうまく使うかで、勝負の行方は大きく左右される。

27個のアウトの中にはバントや進塁打、あるいは犠牲フライによるものなど、いろんなアウトがある。また、同じアウトでも相手にダメージを与えるようなアウトだってあるだろう。同じ三振でも、3球三振と、ファールなどで粘りに粘った末の三振では球数もそうだし、相手に与えるダメージがまったく違う。

成功だけでなく、失敗のほうにも目を向けることで、それまで見えなかったものが見えてきたりすることがあるのだ。

## 心の支えだった「3年はがんばってみろ」の一言

プロに入って最初のキャンプは本当に右も左もわからず、ただもう無我夢中に目の前の一戦、一戦を戦っているだけだった。

ベンチを見渡せば、落合選手や広沢克己選手といったリーグを代表するスラッガー、川相昌弘選手や村田真一選手といった生え抜きのベテラン、さらに松井選手、仁志選手、元木大介選手といった若きスターがいた。そんな超一流選手たちに囲まれ、私自身が感じるプレッシャーは相当なものだった。
当時、そんな私にとって救いとなった言葉がある。それは、私をスカウトしてくれた城之内邦雄さん（現役時代はジャイアンツやロッテオリオンズでピッチャーとして活躍）から、入団当初に掛けられたこの言葉だ。

「どんな状況になっても、とりあえず3年はがんばってみろ」

試合に出られるか出られないか、一軍にいるか二軍にいるかはやってみなければわからない。でも、どんな状況になっても3年間は全力で、一生懸命やってみなさいと城之内さんは私に教えてくれたのだ。この一言が、当時の私の心にはとても響いた。
入団当初、この言葉にどれほど救われたことか。「厳しいな」と感じた時でも城之内さんの言葉を思い返し、「3年やってダメだったら辞めればいいんだから、とりあえず3年間はがんばってみよう」と気持ちを切り替えることができた。

苦しみが永遠に続くと思ったら誰だって嫌になるが、「ここまで」と期限が定められていればある程度耐えることができる。城之内さんが「3年」と期限を区切ってくれたことで、私の中にある種の覚悟のようなものができた。その覚悟があったおかげで重圧を感じることなく、目の前にある「やるべきこと」にしっかりと向き合えた。

当時の私は、「成功しよう」「結果を出そう」というところまで考える余裕がまったくなかった。とにかく、目の前に掲げられた課題をクリアしていくことで精一杯の状態。でも、そうやって課題をクリアする日々を積み重ねていったことで、ある程度の結果が出せるようになったのだと思う。

もし今、新たな環境の中で思い悩んでいる人がいるとしたら、私は「3年だけがんばってみれば？」と言ってあげたい。

人生はいい時もあれば悪い時もある。慣れない環境に置かれれば、誰でも最初は戸惑うものだ。でもそんな環境であっても1年いれば慣れてくるし、2年いれば余裕が生まれ、それまでわからなかったことがわかるようになったり、見えなかったものが見えるようになってきたりする。そういった日々を繰り返すことで、3年目には徐々に自分のしたいことができるようになっていく。

「石の上にも三年」ということわざもある。とりあえずは、今の環境で3年は全力でがんばってみてはどうだろうか。

# 第2章

# 強運を招く秘訣

## 好運が次々と舞い降りたプロ1年目のキャンプ

最初に少し触れさせていただいたが、私は運よくルーキーイヤーに開幕一軍入りを果たすことができた。

私の野球人生において、不思議な力というか、運が味方をしてくれたおかげで物事がいい方向に進んでいくことがたびたび起こったが、ルーキーイヤーの開幕一軍入りもそのうちのひとつである。

大学野球、あるいは社会人野球出身者はよく「即戦力」などと呼ばれたりする。しかし、いくら即戦力と期待され、ドラフト上位で入団してきた選手といえども、開幕を一軍で迎えるのは容易なことではない。

振り返ると、プロに入ってから最初の数カ月も、私にとって物事がいい方向に、いい方向に転がっていったように思う。

プロは試合に出て、そこで結果を出してナンボの世界で生きているが、ルーキーにとってはこの「試合に出る」までが実に難しい。キャンプからオープン戦にかけて数少ないチャンスをものにし、そこで結果を残した者だけが「試合に出る」権利を与えられるのだ。

ところが、私が初めて過ごしたプロのキャンプ、そしてオープン戦では不思議なことにこのチャンスが幾度も巡ってきた。大学でプレーしている時も「運が味方してくれているな」と感じることはあったが、入団1年目の春はとくにそれを強く感じた。

キャンプに入る前のオフ期間に、メンテナンス的な手術をしたためキャンプ初日は間に合わないというベテラン選手や、外野にはシェーン・マック選手がいたが来日はちょっと遅れるということから、ルーキーである私は外野の補助要員的な扱いで一軍キャンプに呼ばれた（と後にあるコーチから聞いた）。

紅白戦などにも出て、そこでもたまたまヒットが打てた。その後も無我夢中でやりながらそれなりにうまく対応することができ、1カ月を何とか乗り切ってオープン戦を迎えた。

一軍、二軍の振り分けが決まるある日のオープン戦。私はここでもラッキーなことにホームランを打ち、そのまま一軍に帯同できることになった。これもあるコーチから後で聞いた話なのだが、このオープン戦の前の時点では、首脳陣の間で「やはり清水は二軍で鍛え直したほうがいいだろう」という話になっていたらしい。しかし、私がホームランを打ったことによって「もうちょっと一軍で様子を見るか」と方針転換されたとのことだった。

## 運を招く準備力

ジャイアンツのオープン戦はキャンプ地である宮崎から始まり、少しずつ東進しながら開幕が近くなるにつれて関東周辺で試合をするようになる。

オープン戦期間も終盤になると開幕に向けてメンバーを絞るため、当然のことながら二軍行きを告げられる選手も出てくる。私も立場的には常に当落線上にあったと思う。

あれは、開幕目前の西武球場（現西武ドーム）でのライオンズ戦だった。試合前、グラウンドでバッティング練習する選手の人数が多いため、若手である私は「お前は室内練習場でバッティング練習をしてこい。守備練習が始まるまでに戻ってくればいいから」とコーチから命じられた。

言われるがままに室内練習場でバッティングをし、試合開始前の守備練習が始まる時間になって私は本体に合流した。

するとベンチが何やら慌ただしい。聞くとマック選手が練習中、頭部にボールをぶつけたため、大事を取って試合を欠場することになったのだという。そしてコーチから「清水、お前マックの代わりに1番・センターで行くから」と告げられた。

そして、キャンプ終盤に起きた奇跡がここでも再び起こる。私はその試合で郭泰源投手からホームランを打ち、首の皮一枚のところで開幕一軍入りを果たすのだ。郭泰源投手といえば、ライオンズのエースとして活躍し、4度の日本一にも貢献している超一流ピッチャーである。

この時はマック選手の他にも、外野手だった広沢選手がデッドボールによって骨折するなど外野がだいぶ手薄になっていた。そんな状況もあって、私は一軍に残ることができたのだろう。

実は、これも後であるコーチから聞いたのだが、私は試合前の時点では、その日で二軍に落とされる予定だったらしい。

大学野球、プロ野球と、私は大事なところでたまたま結果を出し、その先のステージに進むことができた。その都度、私に起きたことを「運がよかった」と言ってしまえばそれまでなのだが、なぜ私がそういう重要な局面で結果を出すことができたのか、その明確な理由は私自身にもよくわからない。

ただ、はっきり言えることは、私は常に目の前のことに全力で取り組んできたし、その局面を迎えるための「準備」もそれなりにしてきたということである。

野球は相手がいることなので、全打席でヒットを打つことはできないし、ストライクやボールの判定も球審が行うため自分では決められない。試合に出る、出ないも監督が決めることなので、自分ではどうしようもできない。

だが、自分でする「準備」だけは何者にも左右されず、自分の思うままに行うことができる。だから私は、本人の心掛け次第でいくらでも自分を高めることができる「準備」は、ずっと続けてきたつもりだ。

また、プロ野球選手となり、私にとって野球は仕事となった。ファンのみなさんの前で恥ずかしいプレーはできない。大学時代までは感じることのなかった「責任」が私の中に生まれた。

私自身、プロ入りしたことだけで決して満足はしていなかったが、「誰よりも稼ぐんだ」というような気負いもなかった。ただ、ひたすらに無我夢中だった。運よく開幕を一軍で迎えることができたおかげで、私は「このまま一軍に居続けるために何をすべきか」を考え、日々の練習に取り組んだ。

次に私はレフトのレギュラーを獲得すると、「レギュラーで居続けるために何をすべきか」を考えるようになった。そうやって一歩一歩、前に進むための「準備」を地道に続けてきたことが、好結果につながっていったのだと思う。

## 一流プレーヤーの準備力に学ぶ

プロに入ってから、目の前のすべきことをただ淡々とこなしてきた私だが、「目標」というような大それたものを掲げたことはあまりない。振り返れば、学生時代から常に「今何をすべきか」「明日のために何を準備すべきか」を考えて、練習に取り組んできたように思う。

その後、プロで年数を経るに従い、「自分の進むべき方向性」というものが見えてくるようになってきた。

プロ入り3年目に高橋選手が入ってきてからは、私はそれまで以上に「自分の進むべき方向性」を考えるようになった。そしてそのための準備を入念に行うようになった。

私がプロの世界で見てきた限り、「一流」と呼ばれる選手たちはみな一様に、「準備」に余念がなかった。

松井選手、高橋選手は言うに及ばず、後輩の阿部慎之助選手、鈴木尚広選手なども準備にはしっかりと時間をかけていた。

準備には試合前に行う準備の他、試合後にひとりで行う「明日への準備」もある。松井選手は試合が終わると室内練習場にこもり、ひとり黙々と素振りを続けていた。そんな姿を見て、私もいつしか松井選手と同じように素振りやティーバッティングをするようになった。

試合後に行う「ひとりの練習=明日への準備」は、その日の打席の結果を振り返りながら行うものである。

結果にはいい結果もあれば、悪い結果もある。いい結果が出た場合なら「こうしたらもっとよくなるのではないか?」と考えながら自分のバッティングをチェックし、また、悪い結果の場合は「なぜそうなったのか?」をまず検証し、その次に「では明日はどうしていくべきか」を考えて対策を練ったり、修正したりするようにしていた。

準備に時間をかけるのは、プロとして当たり前のことである。いい結果が出ているからといって、準備を怠っているようでは好結果は続かない。

私はいつも「いい結果が出た」→「よかった」という安直な思考に陥らないように気を付けていた。ヒットが出るなどの結果はよくても、バッティングの内容がよくなければそれは真の意味で「いい結果」とはいえない。結果がヒットやホームランだとしても、それが自分の思い描いたスイングや打球でなかった場合は、その日のうちにしっかりと修正しておかなければならないのだ。

## 打席に入る前の準備
### ――ネクストバッターズサークルで行うこと

野球の試合では、次のバッターの準備エリアとして「ネクストバッターズサークル」というものが用意されている。ベンチとバッターボックスの間くらいにある白線で描かれた小さな円がそれである。

プロに入る前までの私は、ネクストバッターズサークルではただ漠然と「ヒットを打ちたい」というような自分本位なことを考えていた。

しかし、プロになってからは準備の重要性を認識し、いい結果を出したいということだけではなく、その場、その状況に応じた対応をネクストバッターズサークルで考えるようになった。

打席に入ればピッチャーと対峙することになり、落ち着いて物事を考えているような暇などない。自分の考えをまとめ、さらに相手ピッチャーの配球や心理状態なども考慮してから打席に入らなければ、慌てふためくことになるだけで、それではいい結果など望むべくもない。だから、ネクストバッターズサークルで考えを整理し、打席に臨むことが重要になってくるのだ。

まず私はネクストバッターズサークルで、自分のバッティングについてどうするかを考えた。構え方（姿勢）やトップの位置、スイング、あるいはタイミングの取り方などその都度、気になる部分をチェックする。

また、ランナーのいる、いないによっても打ち方、考え方を変えなければならないし、バッテリーの配球を考えつつ、ある程度狙い球も絞っておくなど、その打席の状況に応じた準備も大切である。

そういったもろもろのことを打席の中で考えているようでは、自分のスイングなどできずにあっという間に終わりとなる。だからそうならないために、頭で考えたことを体に浸透させておくような、事前の準備が必要なのだ。

もちろん、こういったことはプロ入りしてすぐにできるようになったわけではない。長いシーズンを戦いながら打席での経験を積み重ね、私は準備の質を高めていった。

最初から「あれも、これも」と考えていたら、ネクストバッターズサークルでの準備が間に合わなくなってしまう。だから、まずは簡単にできること、考えられることから始め、徐々にその項目を増やしていくようにすればいいと思う。

## 成長のコツは当たり前のレベルを少しずつ上げていくこと

シーズン中、試合が終わった後に、私はいつも室内練習場でその日の反省を踏まえながらバットを振った。室内練習場には私以外にも練習をしている選手がいたが、松井選手と高橋選手は誰よりもバットを振っていた。後輩の二岡智宏選手や福岡ダイエーホークスから移籍してきた小久保選手も、熱心に練習していた姿を覚えている。

私はプロ1年目のキャンプの時から、それまでテレビで見ていた一流選手たちがグラウンドを離れたその裏で黙々と練習に励み、自身を追い込んでいく姿を見て「プロはここまでやらないといけないんだ」と教わったし、そうやって自分を磨き続けるのはプロとして当たり前のことなのだと気づかされた。

学生時代まで、きつい練習はたくさん経験してきたが、それは自主的なものというよりは、どちらかといえばまだ「やらされている」という感覚が強かった。

しかし、プロの世界ではチームとして「これをやれ」というケースはあるが、個人に対して「これをやれ」というケースは少ない。結果を出していれば、やらないならやらないでＯＫ。落ちていくのは選手自身であり、チームは「結果が出せないなら他を使います」というスタンスである。アマチュアの世界からそんなプロの厳しい環境に置かれ、私は自然と「生き残っていくには何をすべきか？」を考えるようになった。

自分を追い込み、強度の高い練習を繰り返していくと、その練習がだんだんと当たり前になっていく。当たり前になったら、またそこに高い強度の練習を加えて自分を追い込む。そうやって当たり前のラインを少しずつ上げていくとともに、まわりにいる一流選手たちの考え方、立ち振る舞いなどを参考にすることで、私は自分の心技体（精神力、技術力、体力）を高めてきた。

当然のことながら、人によって当たり前のラインは違う。自分を高めたい気持ちが強いのはいいが、それまで経験したことのないような難しいことをいきなり始めてもそれは長続きせず、自分を成長させていくことにはつながらない。

当たり前のラインを上げていくコツは「少しずつ」である。欲張らずに、まずはできることから始め、ちょっとずつメニューを増やしていくようにすればいいと思う。

## 年中マイナーチェンジを施すバッティングフォーム

バッティングフォームの変化には、足を上げてタイミングを取っていたのをすり足に変えるなどの誰が見てもその変化に気づきやすいものから、ちょっと見ただけでは判別できない、気づきにくいものまでいろいろな変化がある。

誰が見てもわかるものがフルモデルチェンジだとするならば、わかりにくい変化はマイナーチェンジだといえる。プロ野球の世界では、フルモデルチェンジのパターンは少ないものの、マイナーチェンジは活躍しているほぼすべての選手が行っており、頻繁に行う選手はそれこそ毎日のようにマイナーチェンジを施しているといってもいい。

私もプロ1年目から、マイナーチェンジという微調整を毎日のように行っていた。試合後の練習でその日の反省をしつつ、「明日はどうスイングすればいいか」を考え、時にコーチから「スイングをこうしてみたら？」とか「こういう練習をしてみたら？」といったアドバイスをいただきながら、自分の中で「バッティング理論」あるいは「修正法」の引き出しを増やしていった。

自分なりに向上するためのマイナーチェンジを繰り返していると、「なるほど、こうやって打ったからこのような結果になったんだ」ということが徐々にわかるようになってくる。これは自分のバッティング理論の引き出しが増えてきたからであり、そのレベルにまで来ると凡打した時にも「あ、こうなっていたからだな。だったら次はこうしてみよう」と、修正するためのアイデアがすぐに浮かんでくるようになった。

カゼを引いた時、その時の症状に合った薬を飲めば咳やのどの痛みなどが緩和されるように、バッティングの結果に対して「出す薬」が正しければ修正は早く済む。プロ野球選手ならば誰でも長いシーズンの中で好不調の波はあるが、薬の用意がたくさんある（バッティング理論の引き出しが多い）選手は、その波を小さくできるのである。

私がよく行っていたマイナーチェンジは、構えた時の姿勢やトップの位置のつくり方、あるいは足の上げ方（タイミングの取り方）などだった。

プロ野球選手は「私はバッティングをこう変えました」などとはあまりマスコミに公言しない。ただ、ほとんどの選手は公言しないだけで微調整は毎日のように続けている。

自分の好きな選手の「バッティングフォームの変化」に注目しながら試合を見るというのも、それまでとは違った観戦法で楽しめるかもしれない。

## 一度だけ行ったフルモデルチェンジ

自分の中で、バッティングの結果とその原因が何となくわかるようになってきたのは、プロに入って5～6年経ってからだった。

5年目の2000年にジャイアンツは日本一となり、長嶋監督最終年の2001年に私は打率3割2分4厘を記録することができた。

この頃から、私はバッティングで出た結果に対して「なぜ、そうなったのか」という原因がある程度見つけられるようになったし、打球の質（トップスピン、バックスピンによって質が変わる）を見て自分のバッティングの傾向なども把握できるようになっていた。

「このまま続けていたらバッティングを崩すな」ということがあらかじめわかっていれば、それを防ぐための対処もできる。私は運よく、落合選手や松井選手といった超一流プレーヤーと同じチームでプレーすることができたが、ふたりが超一流と呼ばれたのはそのような原因の究明と修正の術に長けていたからであり、だからこそ普通のプロ野球選手では成しえないような素晴らしい成績を収められたのだと思う。

私自身、現役の間はバッティングにおけるマイナーチェンジをしょっちゅう行っていたが、フルモデルチェンジといえるような大きな変化、修正を行ったことが一度だけある。それは長嶋監督から原監督へと変わった2001~2002年頃のことである。

その頃の私は毎年3割前後の打率は残していたものの、ボールを捉えるイメージに違和感があり、修正する必要性を感じていた。具体的に言うと、それまでの私はボールを「点」で捉えるような打ち方になっており、それを「線」で捉えるような打ち方に変えたいと思っていた。

私には学生時代から、トップの位置を後ろに引けず、グリップの位置が肩より上になりすぎてしまう傾向があった。上からボールを叩けば当然捉えるポイントは「点」になる。そうなると、ボールを捉える確率は低くなる。私はその確率を少しでも上げたかったので、「点」のイメージを「線」にしようと考えたのだ。

そのためにはテイクバックの際、構えた位置からそのまま手を真後ろ（バックネット方向）に、弓を引くように持っていく必要がある。これは私にとっては本当に大きなフルモデルチェンジだった。

私の場合、グリップの位置を真後ろに引くためには単に腕を引くだけでなく、体ごとキャッチャー方向に移動するイメージを持つようにした。後ろ方向に体重移動をしながら、腕も一緒に引いていくイメージである。

このフルモデルチェンジは一朝一夕にできるものではなく、2001年から2002年のシーズンにかけて試行錯誤を繰り返しつつ、新しいフォームを身に付けていった。

2002年に、191本のヒットを打ってタイトルを獲得できた大きな要因のひとつは、このフルモデルチェンジがあったからなのだ。

## 「ゾーン」に入った瞬間

2001年前後から始めたフルモデルチェンジだが、翌2002年のキャンプを経てオープン戦を戦っている時、私はこの新たなバッティングフォームに手応えを感じていた。半信半疑で始めたフルモデルチェンジだったが、約1年を経て自分のイメージするフォームに近づき、結果が出るようになりつつあった。

スポーツ界ではアスリートたちが「ゾーンに入った」といった表現を使うことがある。これは自分が最高潮にある時、あるいは極限の集中力を発揮した時、普段以上の能力が引き出され、驚くべき好結果をもたらすことを意味している。

ジャイアンツの大先輩であり、日本プロ野球界で「打撃の神様」と呼ばれた川上哲治さんも、現役時代に「ボールが止まって見えた」と語ったエピソードがあるが、川上さんレベルの達人がゾーンに入ると、プロのピッチャーが投げるボールでさえも止まって見えたということなのだろう。

話を元に戻そう。キャンプとオープン戦でフルモデルチェンジの確かな手応えを感じていた私だが、その年の開幕直後、私にも自分なりの「ゾーン」に入る瞬間が訪れた。14年間に及ぶプロ野球生活の中で、あのような感覚になったのは後にも先にもこの時期だけである。

シーズンが開幕した直後の短期間、今にして思えばわずか1週間ほどの期間だったと思う。ピッチャーがボールをリリースした瞬間、「このボールをこう打ったら、こうなるだろうな」という結果がわかった。時がゆっくりと流れているように感じ、ゆったりとタイミングを取ることができたため、どんなボールにも対応できるような気がした。

あの1週間は、打席に立つのが本当に楽しかった。この間に、私は3試合で10本のヒットを打ったように記憶している。

ちなみに、この年はジャイアンツがリーグ優勝を果たし、私は8月に月間45安打を記録。1番打者として成績も安定し、年間最多安打のタイトルも獲得した。

このゾーンに入る前、今でもよく覚えているのは開幕2戦目の代打での打席だ。ファーストゴロでアウトになったのだが、この時のバッティングの感触がとてもよかった。凡退したものの、バットのヘッドの抜けがとてもよく、その後のインパクトの瞬間の手応えも抜群だった。この時の好感触がゾーンに入る前触れだったのだろう。

ゾーンに入っていた時期の状態を具体的に説明すると、トップの位置からボールを捉えるまでの「間（時間）」がとてもゆったりと持てていた。だが、悲しいことにこのゾーン、言い換えれば絶頂期は長くは続かない。人間は変化していくものだし、長いシーズンを戦っていれば体には疲労が蓄積され、反応がわずかながらも鈍くなっていく。そうなれば当然、バッティングの感覚も少しずつずれて、思い通りのバッティングができなくなっていくのだ。

しかし、プロ野球選手はみな、そういった条件のもとで戦っている。一軍で結果を出すためには、その「ずれ」をいかに修正していくかがカギなのだと思う。

## プロに入って初めて本格的に取り組んだバント練習

入団3年目から6年目にかけて、私は長嶋監督の「攻撃的な2番打者」という構想のもと、試合では2番に据えられることが多くなった。

ファンのみなさんの目には、当時の「2番・清水」は、バントを求められない「強打の2番」と映っていたという話を後によく耳にした。でも、実際の私は「強打」だけをイメージしてバッターボックスに立っていたわけではない。

以前は、2番バッターのイメージは「つなぎ役」というのが一般的だった。しかし、2番バッターにもいろんなタイプがあるし、1番と協力しながらチャンスをつくって、クリーンナップへとつないでいかなくてはいけない。ランナーの有無、カウント、ゲームの進行具合、相手の守備体系など、あらゆる状況を加味しながら、その都度「最善策」を考え、実行していかなければならないのだ。

長嶋監督が「攻撃的な2番打者」と言っていたように、実際に私にバントのサインが出ることは少なかった。しかし、接戦の終盤、ここぞという場面で私に打順が回ってきた際には、バントのサインも出た。私はその時に備え、2番バッターになってからはそれまで以上にバントの練習を行った。

とはいえ、私は学生時代までずっとクリーンナップを打つことが多かったため、バントに特化した練習に取り組んだことはなかった。だから、当時はチーム内に大ベテランの川相昌弘選手（通算犠打数533は世界記録）がいたので、バントの基本などを教わりつつ自分なりにバントの技術を高めていった。

私は元々あまり器用なほうではないので、バントの精度を上げるためにはとにかく練習するしかなかった。いくら「攻撃的な2番打者」とはいえ、バントができなければ試合では使ってもらえない。私が一軍で生き残っていくためにはバントの精度向上が必須課題であったから、練習も必死に行ったのだ。

# バントの成功率を上げるための私なりの方法

そもそも、「攻撃的な2番打者」である私にバントのサインが出るということは、そこにチームの勝敗がかかっている非常に重要な局面だということである。ゲーム終盤、「ここで絶対に決めなければならない」という時に、私にバントのサインが出るのだ。

プロ野球では「バント職人」と呼ばれる人たちが、いとも簡単にバントを決めるので「バントはちょっと練習すれば誰でもできるようになるもの」だとお思いのファンの方もいらっしゃるかもしれない。でも、それは大きな間違いである。バントはとても難しい。その場面が緊迫した状況であればあるほど、相手バッテリーも守備陣もバントを防ぎにくるし、こちらのプレッシャーも相当なものとなり、バントを成功させるのは至難の業となるのだ。

だが、世間一般的には「バントは決めて当たり前」だと思われている。バントを決めても称賛されることは少ない。それなのに、失敗した時はそれこそ「俺、そんなに悪いことしたかな?」というくらいに叩かれる。そんな立場にありながら、犠打数の世界記録を打ち立てた川相選手は、本当に心の底からすごいと思う。

バントを死に物狂いで練習していた私だったが、最後までバントに自信を持つことはできなかった。どちらかといえばバントは下手なほうだったので、タイミングを取って打球を殺すことを第一に考え、バットの芯に近いところを左手で握るようにしていた(川相選手のようにバントのうまい選手はあまり芯の近くは握らず、芯からやや下の細くなるあたりを握るタイプが多い)。

バントを成功させる上で大切なのは、タイミングを取ることと、目とバットの距離が離れた「手先だけでのやり方」にならないようにすることである。アウトローのボールを打つのが難しいのは、目とインパクトの距離が遠いからである。

だからまず私は、タイミングを取るために体を動かし、目とバットの距離を強制的に近くするために左手で芯の近くを握るようにしたのだ。こうすれば、アウトコースのボールに対して手先だけでは届かなくなり、体全体でバントしようとするので嫌でも目とバットの芯の距離は近づく。「そんなところを握っていたらボールが近すぎて怖くないか?」と聞かれたことがあるが、実際に打席に入ってしまえばアドレナリンが出ているので恐怖など微塵も感じなかった。

ただ、このやり方は、私が「どうやったらバントの成功率が上がるのか」を模索して見つけた方法なので、すべての人に効果があるものではないことを一応お断りしておく。

## 結果を考えず、まずは目の前のことに取り組む

先ほどお話ししたように、入団当初は「とりあえず、3年間はがんばってみよう。そこでダメなら辞めればいい」と思い、必死で毎日を生きていた。

プロ入りすぐの開幕を一軍で迎えられたことはうれしかったが、そんなことに

浮かれている暇はなかった。スタメンで試合に出られるようにがんばろうなどとも思えなかった。

とにかく、一軍から落とされないように。そして、辛くても、苦しくても、3年はがんばってみよう。ただそれだけを考えていた。

そもそも、憧れだったジャイアンツのユニフォームを着て、プロ野球選手としてプレーできていること自体が、ものすごく幸せなことだった。だからちょっとくらい苦しくても、弱音など吐いていられなかった。

もっといえば、プロに入ったばかりの私が開幕を一軍で迎えられるなどとは、入団前の自分には想像すらできなかった。だから先のことを考える余裕はまったくなく、目の前にある課題をこなしていくだけで精一杯だった。

でも、今になってあの頃を振り返ると、そうやって先のことなど考えず、目の前のことに一生懸命に取り組んでいたからこそ、いい結果につながっていったのかもしれないと思う（もちろん、後になってそれだけではダメだと気付いたが、その当時の私にはよかった）。

人が緊張するのは「いい結果を出そう」「いつもの自分よりもいいものを出そう」とするからである。要は、自分で自分にプレッシャーをかけてしまっているわけだ。しかし、それはある意味当たり前のことで、緊張しないのは逆にダメだと思う。大事なのは、緊張した中でもいかに自分をコントロールして結果を出せるかなのだ。

何事においても肝心なのは、まず目の前のことに一生懸命に取り組むことである。結果を求めずに、やるべきことに全力で取り組む。よく「結果は後から付いてくる」と言うが、その心構えがとても大切なのだと思う。

## プロで成功する人は「変わる勇気」を持っている

プロ野球の世界に入ってくる人は、それぞれが秀でた技術や力を持っている。しかし、それが1年、2年と経っていくうちに一軍で活躍する選手もいれば、人知れずプロ野球界を去っていく人も出てくるようになる。

この差はどこにあるのだろうか？

一流の選手になるために、持っていなくてはならないものもあれば、持つ必要のないものもある。

まず第一に、私が「不要だな」と感じるものは「変に高いプライド」である。「変に高いプライド」を持っている選手は、コーチからの助言や提案などをあまり受け入れようとしない。自分のやってきたことに変に自信を持っているから、「自分はこうやってきました」「自分にはこれはできません」というような変なこだわりも多い。

自分の考え、やり方を貫き、それがいい結果につながっているならいいのだが、なかなか成績が上がらず、3年も4年も同じステージのままでくすぶっているような選手は、その原因を突き詰めて考えなければいけないし、何かを変えていかなければならない。そして、その時に必要となるのが自分を厳しく見つめる客観性であり、客観的に自分を変えていくには、コーチなど第三者の意見を聞くことがもっとも有効な方法なのだ。

ただし、何かを変えたからといって、その後劇的にいい方向に変化する保証はどこにもない。今よりもよくなるかもしれないし、逆に迷走し、深みにはまってしまうことだってあり得る。

成長するために変化をし、それがいい結果につながるかどうかは誰にもわからない。ただ、唯一はっきりしていることは「このまま何もしなければ、今までと同じで何も変わらない。野球でいえばクビ（戦力外）」ということである。

プロの世界で成功するために必要なもののひとつは、「変わる勇気」である。変わろうとすることにはリスクを伴うが、リスクを恐れていてはレベルアップは果たせない。

長い期間、結果を出し続けている一流選手は「変わる勇気」を持っている。結果が出せない、あるいは結果を出したとしてもそれが長続きしない選手というのは、変わる勇気が不足しているのだと思う。

## 大谷翔平選手もメジャーに行って自分を変えた

一言で「変わる勇気」といっても、やっていることはそんなに大それたことではない。私がやってきたことを例に挙げるとすれば、バットの握り方ひとつとってもそうだし、構え方、タイミングの取り方など、細かいことを挙げたらそれこそキリがないほどである。

私の周囲にいた一流選手たちは、常にたゆみなく変化を続けていた。「自分の理想とするバッティングができるようになるためには、どうすればいいのか」を常に考えていた。

現役、コーチ時代を通じて見てきた中では、阿部慎之助選手、坂本勇人選手あたりは常に変化を続けていたし、時に思い切った変化を恐れずに取り入れるタイプでもあった。彼らは「自分には何が必要で、何が必要ないのか」の取捨選択もうまい。

高い身体能力を持っているのに、なかなか殻を破り切れない選手は多い。そういった選手は変わることを恐れ、新たなものを取り入れることができないでいるように見える。

また、思ったように実力を伸ばせない選手は、あることにチャレンジした時、それを継続する力もあまりない。未経験のことにチャレンジしているのだから、しばらくの間はうまくいかなかったり、やりづらかったりするのは当たり前なのだが、それに耐えられずすぐに「やりやすい形」にしてしまう。「やりやすい形」とは要するに楽な方向、元に戻してしまうということである。

2018年からメジャーリーグのロサンゼルス・エンゼルスでプレーしている大谷翔平選手は、アメリカに渡ってから劇的にバッティングを変化させた。

日本では、タイミングを取るために右足を上げるバッティングフォームだった大谷選手は、メジャーのオープン戦で自分のバッティングが対応できていないと判断するや否や、バッティングフォームを「ノーステップ打法」に変えた。普通ならこれだけバッティングフォームを変えるのは躊躇しそうなものだが、彼は迷わず、瞬時に変化を取り入れた。この変化を恐れぬ対応の早さこそ、大谷選手がメジャーで成功した大きな理由のひとつといってもいいかもしれない。

プレーする以上、結果をすぐに求めてしまいたくなる気持ちは私にもよくわかる。しかし、すべての成功と成長に近道はない。多少遠回りしているような気がしても、不安を感じても、険しい道のその先に求めているものがある。

大谷選手を含めた一流プレーヤーに学び、「変わる勇気」を持ち続けることがレベルアップする上でとても大切である。そして、新たな試みをある程度の期間続け、そこで自分に合う、合わないを判断して次に進む。

変化なくして成長なし。これを忘れてはいけない。

## 変化に違和感は付き物<br>――結果を出すには我慢も必要

私は子供の頃、バッティングの基本は「上から叩くこと」だと教わった。私くらいの世代の野球経験者は、みなそんな指導を受けてきたのではないだろうか。その影響かどうかわからないが、先述したように私は過度のダウンスイングになりがちだった。さらに「上から叩く」という意識を強く持ちすぎると、インサイドの完全なボールゾーンを振ってしまう傾向もあった。

そういった理由から、私はバットを振る際、あくまでも自分のイメージとして「下から出そう」と心掛けていた。これは私に限った話だが、「下から振り上げる」くらいのイメージを持つことでレベルスイングの軌道になった。具体的に言えば、バックスクリーンの上にはためくフラッグを狙うくらいの感覚で振るとちょうどレベルスイングになっていた。

また、このイメージを取り入れたことで、体の突っ込みが修正できて、ピッチャーの投げたボールをできるだけ長く見ることができるようになって見極めもよくなり、ボールにコンタクトできる幅や奥行きが広がった。

誰でもそうだが、新しいことに取り組んだら最初は違和感を覚えるものである。10本打って10本いい打球を打ちたいがために、野球選手はみんな新しいことに取り組む。ただ、私は新しいことに取り組んだ際、10本中10本ともいい打球を望むのではなく、100本中1本でも、それまでになかった新しい感覚、いい感覚の打球が出ればそれでいいと思っていた。

そして、「新しい、いい感覚の打球」が1本でも出たら、その後はその確率を高めていくことに集中するようにしていた。もし、100本打ってもいい感覚を得られなければ200本試せばいいし、200本でも無理なら300本打ってみればいい。現役時代はそのような心構えで新たな試みに挑戦し、そんなことをずっと繰り返していた。

なかなか芽の出ない選手は、とにかく結果を早く出したいからどうしても即効性を求めてしまう。その気持ちはわかるのだが、結果ばかりを求めているから経過がないがしろになって、結局のところいい結果が出ないという悪循環に陥ってしまっているのだ。変わる勇気を持って自分を成長させようと思ったのなら、辛抱、我慢、耐える力が必要なのだと心得ておくことが必要だ。

# 第3章

# 超一流選手から学んだこと

## プロに入って体感した20勝投手のすごさ

入団直後のキャンプで私がまず最初に驚いたのは、プロのピッチャーのレベルの高さだった。それまで、大学野球でプレーしてきた私にとって、プロの投げるボールは球威、キレ、制球すべてが想像していた以上で「これはとんでもない世界に来てしまった」と感じたのをよく覚えている。

キャンプでは紅白戦が行われ、自軍内で対戦するわけだが、私はそこで当時ジャイアンツの三本柱と言われていた斎藤雅樹投手と槙原寛己投手のボールを打つ機会に恵まれた（三本柱のもうひとり、桑田真澄投手は前年に負ったヒジのケガのため長期離脱中だった）。

日本プロ野球界を代表するふたりの好投手のボールを目の当たりにした私は、素直にこう思った。

「こんなピッチャー、見たことない」

球威も当然すごいのだが、何より驚いたのは変化球のキレとコントロールのよさだった。とくにふたりの投げるスライダーとカーブはそれぞれ、それまで一度も見たことのないような曲がり方をした。まったく打てる自分を想像できない、とにかくすごいボールだった。

ピッチャーだけでなく、もちろんバッターにも圧倒された。私がジャイアンツに入団した時のクリーンナップは松井選手、落合選手、マック選手だったが、松井選手とマック選手のパワー、そして落合選手のミートする技術の高さには本当に驚かされた。

現役メジャーリーガーとして移籍してきたマック選手は、まるでプロレスラーのような肉体をしており、それだけでも驚きなのにバットを振ると面白いように打球が飛んでいく。キャンプ地の球場には外野スタンドの奥にネットが張られているのだが、マック選手の打つ柵越えはそのネットに「当たる」というより「突き刺さる」感じだった。

松井選手やマック選手のフリーバッティングの打球を見て「こういう人たちがプロの世界でレギュラーを張り続けていく選手なんだな」と、私はただただ圧倒されるばかりだった。

## 大の苦手だった山本昌投手

現役時代、私が得意としていたピッチャーは、力勝負でガンガン攻めてきてくれるタイプだった。

だが、「じゃあ、得意だったピッチャーは具体的に誰?」と聞かれると、すぐには思い浮かばない。それよりも「苦手だったピッチャー」のほうがとてもよく覚えている。私が大の苦手としていたピッチャー、それは中日ドラゴンズで50歳まで現役を続けた山本昌投手である。

山本投手から気持ちのいいヒットを打った記憶が、私にはほとんどない。それは左対左だからというわけでは決してなく、あの独特のフォームから繰り出されるボールが私には本当に打ちづらかった。

当時の山本投手の球速は、ストレートでも140キロに届くものはほとんどなかった。しかし、プロの世界では決して速いとはいえない、その130キロ台のストレートが私にはとてつもなく速く感じられた。入団して6年目くらいまでは、山本投手からヒットをまったく打てなかった。

バッターからすると、変化球をイメージしている時にストレートが来たとしても、そのストレートに対応できると思えるピッチャーはさほど怖くない。だが、山本投手のストレートは、とてもではないが変化球待ちで対応できるようには感じられなかった。山本投手にしてみれば、バッターボックスの私はかなり高い確率でアウトを計算できるバッターだったに違いない。

「このピッチャーの場合は、真っすぐにかなり意識を強く持っておかないと対応できない」

そう思わされた時点で、バッターは相当不利な状況となっている。山本投手と対峙している時の私はまさにその典型だった。

ピッチャーのストレートが速く感じると、バッターは振り遅れまいとして急いで合わせようとする。本当はタイミングをしっかりと取って、ボールを長く見て打つべきなのに、急いで合わせようと「前へ、前へ」という意識が強くなりすぎるからポイントも前となり、変化球の見極めが悪くなるのだ。

体がピッチャー方向に突っ込むような形になれば、ボールとの距離がなくなって詰まる打球が多くなる。ストレートには差し込まれ、低めの変化球にはつられて泳いだようなスイングとなり、当時の私は山本投手の術中にはまって悪循環に陥っていたように思う。

よく言われることだが、後ろの小さい（テイクバックが小さい）ピッチャーは球の出どころが見づらく、ボールの見えている時間が短いため18・44メートルより近いところから投げられているように感じる。だから実際の球速はそれほどなくても体感速度は速く感じ、バッターは差し込まれてしまうのだ。

山本投手以外にも、オリックス・ブルーウェーブなどで活躍された星野伸之投手や、福岡ソフトバンクホークスの和田毅投手などが似たようなタイプである。

ここに挙げたピッチャーは偶然にも左投げばかりとなったが、右投げではチームメイトだった上原浩治投手は、同じカテゴリーに入ってくるピッチャーだと思う。彼とは紅白戦などで何度か対戦したが、テイクバックが小さく、ストレートに差し込まれることが多かった。

しかし、得意としていたピッチャーはあまり思い浮かんでこないが、苦手としていたピッチャーはいつまでも忘れることがない。不思議なものである。

## 超一流のストレート
## ――藤川球児対策

現役時代に見たピッチャーの中で、「ストレートのキレがＮｏ１の投手は？」と問われれば、私は迷わず阪神タイガースの藤川球児投手の名を挙げる。

藤川投手の投じるストレートは単に速いだけでなく、こちらに向かってきながらさらに加速してくるような凄まじい伸びがあった。

当時の藤川投手は、投げる球種の9割がストレートだった。ストレートだとわかっているのに打てない。プロの野球選手が束になってかかっても打ち崩せない。裏を返せば、それだけ藤川投手のストレートがすごかったということだ。

藤川投手のストレートの球速は当時、マックスで150キロ台中盤（平均的には140キロ台後半）。プロ野球界を見渡せば彼より球速の速いピッチャーはいたが、彼に勝るストレートを投げるピッチャーはいなかった。

以前、ジャイアンツにメジャーから移籍してきたアルキメデス・カミネロという抑えピッチャーがいた。彼は160キロを超えるストレートを持っていたが、藤川投手ほど三振が取れたかといえば決してそんなことはなく、実際にあまり空振りを取れなかった。

私自身、藤川投手とは何度も対戦したが、ボールがまったく前に飛ばなかったのをよく覚えている。ほとんどファールになってしまい、前に飛ばないのだ。

藤川投手のストレートを打つため、私は私なりのやり方を考えた。速いストレートに合わせようとすると、どうしてもポイントを前にしようとする意識が高くなり、体まで突っ込みがちになってしまう。それを防ぐため、ポイントはいつもと一緒なのだが、普段よりも「バットの先」で打つようなイメージを持つようにした。藤川投手のストレートにいつも差し込まれ気味だった私には、そのくらいの感覚を持つ必要があったのである。

もちろん、このイメージを持つようにしたからといって、藤川投手のストレートが見違えるほど打てるようになったわけではない。しかし、超一流のピッチャーのボールを打つには、こちらも何らかの対策を練らなければとてもではないが勝負できない。

現役時代の私は毎日が試行錯誤の連続だったが、そのおかげで自分のバッティングの引き出しを増やせた部分はあったと思う。

## 入団前から別世界の存在だった仁志敏久選手

私と仁志選手は1995年のドラフトで指名された同期であるが、年齢は社会人野球を経て入団した仁志選手のほうがふたつ年上である。

仁志選手は全国的な強豪として知られる茨城の常総学院出身で、1年生の時からレギュラーとして甲子園でも活躍していたので、当時中学生だった私にとっては雲の上の存在だった。

大学時代の仁志選手は早稲田大、私は東洋大だったためリーグは異なったものの、練習試合では対戦したことがある。六大学野球でも仁志選手は活躍しており、当時からプロ入りは間違いないと言われていた。私にとってはこの時点でも、仁志選手は別世界の存在だった。

私にとって仁志選手はそういう存在だったため、ジャイアンツに入団した時も同期ではあるが「同じルーキー」とはとても思えなかった。実際、仁志選手は開幕スタメン（1番、セカンド）の座を勝ち取っていた。しかも、その開幕戦で仁志選手は猛打賞の大活躍。1安打完封勝利を収めた斎藤投手とともにお立ち台に上がり、スタンドから大声援を浴びていた。

このように、実力、実績ともに大きな差のあった私と仁志選手だが、一軍でルーキーは私たちだけなので普段からよくいろんな話をした。

そんな仁志選手と私が1番、2番でコンビを組むようになったのはプロ入り3年目の1998年からだ。

自分の前に一流の先輩がいて、後ろには松井選手、清原選手など球界を代表するスーパースターたちが控えている。私は「いい形で後ろにつなぐ」ということだけを考え、毎日打席に立っていた。

仁志選手にはグリーンライト（青信号＝盗塁は自由）も与えられていたため、私は仁志選手が一塁にいる時はその動きを見つつ、スタートを切れば空振りをしたり、カウントによっても常に対応を変えたりしながら、ランナーをいかに次の塁に進めるか、好機を広げるかを考えていた。それまで2番を打ったことのない私にとって、そういった状況に応じたバッティングをしなければならないことが最初はとても難しかったが、いい経験となり財産にもなった。

## 自分でコントロールできるものだけを追求する

無我夢中で走り抜けた現役14年間だったが、今振り返ると、「自分のコントロールできることをしっかりとやる」ということに集中していたのも、14年間現役を続けられた要因のひとつだと思う。

野球は対戦相手がいて成り立つスポーツである。だからただ漠然と「いい結果を出したいな」「打ちたいな」と思っているだけでは好結果は長く続かない。

自分でコントロールできることとは、練習をしっかりやることや、試合前の準備、あるいは打席の中での意識の持ち方、ヒットを打つ確率を上げるための考え方などをしっかり持つことである。

「ヒットを打つ」ということは、相手ピッチャーや守備にも左右されるので自分ではコントロールできない。

たとえば、相手ピッチャーがどのコースにどの球種を投げてくるのかは、バッテリーにしかわからない。たとえ自分で「いい当たりだ」と思ってもそれが野手の正面を突けばアウトになるし、逆に詰まった当たりでも飛んだところがよければヒットになることもある。

そもそも「試合に出る、出ない」ということに関しても、それは監督が決めることであって私に決められることではない。

野球には、こういった自分ではどうにもならないことがたくさんあり、そんなコントロールできないことばかりを気にしているのは、エネルギーの無駄づかいだといえよう。

それに、ただ漠然と「いいスイングをしよう」とか「来たボールを思いっきり打とう」と思っているだけではレベルが低く、ヒットを打てる確率も低いままだ。

ヒットの確率を上げるには、低めのボールより高めのボールに意識を置くことが重要だし、その高めのボールもただ打つのではなく、センター方向に打ち返すようなイメージを持つとさらにいい（私はそう考えてやってきた）。タイミングの取り方も相手ピッチャーによって変える必要があるだろうし、それ以外にも「ヒットの確率を上げる」ために自分が意識できることはたくさんある。

私の場合、調子が悪くなってくると構えた時に猫背気味になり、始動のタイミングも遅くなる傾向があった。そこで私は姿勢を正したり、タイミングを早めに取ったりするように心がけた。こういったことは「自分でコントロールできること」である。

「自分でコントロールできること」と「自分でコントロールできないこと」を自分なりにしっかりとふるいにかけ、「コントロールできること」をきちんと整理した上で打席に臨むことが大切なのであって、戦うためのエネルギーはそこだけに注力すべきだといえよう。

## 松井秀喜と高橋由伸に見たプロで成功する条件
### ――どんな時も波がない

第2章でも述べたが、現役時代の私は松井選手と高橋選手から多大な影響を受けた。野球のことから普段の立ち振る舞いまで、ふたりからはいろんなことを学ばせてもらった。試合前の準備、そして試合後の自主練習、さらに野球に対する取り組み方など、それこそ彼らから教えられたことを挙げたらキリがない。

その中でも、私がふたりから一番影響を受けたのは「一喜一憂しないメンタリティ」だった。

プロ野球選手の中には、プレーの結果によって喜怒哀楽を表に出す選手も多い。そうやって感情を表すことによってファンを喜ばせ、自分やチームを鼓舞するのもプロ野球選手としてひとつのやり方であるし、それでファンが喜んでくれるのであればとてもいいことだと思う。

だが、私がお手本としたのは松井選手と高橋選手の姿勢だった。ふたりとも野球をしている時は大はしゃぎすることもなければ、調子が悪いからといって暗くなるようなこともなかった。試合前のロッカールームでも、試合中のベンチでも変わることなく、いつも同じ。こと野球に関して、必要以上に一喜一憂することがないのだ。彼らがシーズンを通じて実力を発揮できるのは、普段から泰然自若とした姿勢を保っているからではないだろうかと思うようにもなった。

彼らはチーム内でも一、二を争う練習量を誇っていたが、私がふたりから学んだのは練習量だけではなく、どんな時も「同じルーティンを淡々と続ける」というその姿勢だった。どんな結果になろうとも同じように練習に取り組み、引き上げていく。そういったブレない姿勢、波のない生き方を、彼らはシーズンを通じて貫いていた。

ふたりとも私より年下（松井選手はひとつ下、高橋選手はふたつ下）だが、そんなことは関係なく、私は素直に「このふたりは、本当にすごいな」と感じたし、「プレーは真似できないけど、普段の姿勢はそうありたい」と思って彼らを手本にした。

人生にはいい時もあれば悪い時もある。しかし、そんな調子の浮き沈みに左右されず、淡々と同じことをやり続ける。とても地味なことだが、プロで成功するためにはそれこそが一番大切なのだと、私はふたりから教わったような気がする。

## 私が10年以上プロでやれたのは、ふたりの「スーパースター」のおかげ

大学を卒業してジャイアンツの一員となり、初めて参加したプロのキャンプ。そこで目の当たりにした「プロの打球」に、私は度肝を抜かれたと先ほども述べたが、中でも「すごいな」と感じたのは、他でもない松井選手の打球である。

大学時代、私のまわりにもパワーヒッターはいたが、松井選手の打球はそんなレベルをはるかに凌駕するものだった。フリーバッティングでは打球のほとんどが柵越え。それが矢のようにライナーで次々と飛び込んでいく。私がプロ野球選

手となって初めて感じた衝撃が、松井選手の打球だった。

期待のルーキーとして、慶応大からドラフト1位で高橋選手が入団してきたのは、私がプロ3年目の1998年のことだった。

高橋選手のバッティングは、右足を高く上げて打つ美しいフォームだったが、私が一番驚いたのは「ボールの捉え方」だった。

投手が投げてきたボールに対し、バットを入れる角度がどのコース、どの高さでも安定しており、軽く打っているように見えるのに打球が面白いように広角に飛んでいく。あの卓越したバット操作技術とスイングは天性ともいえるもので、私のような凡人が真似をしようと思っても到底できるものではなかった。

松井選手、高橋選手ともに「スーパースター」と称されるが、私は彼らがグラウンドで活躍するその裏で、誰よりも努力していたことを知っている。

圧倒的な才能を持っているのに、ふたりはその才能に溺れることなく、日々研鑽を重ね続けた。試合前にバットを振り、試合後もバットを振って一日を終える。この習慣を私の体に染み込ませてくれたのは、松井選手と高橋選手のふたりに他ならない。

私の現役生活は14年間だった。この14年が長いのか短いのか、自分ではよくわからない。だが、元々それほど注目もされず、特別能力が高いわけでもなかった私が、プロの世界で10年以上もプレーできたのは彼らの存在があったからだ。

松井選手と高橋選手、彼らと同時期にジャイアンツという同じチームでプレーできたことは、私にとって幸運以外の何物でもないし、ふたりには今でも本当に感謝している。

## チャンスは平等ではない
## ――チャンスは自分で見つけるもの

みなさんご存じのように、ジャイアンツは12球団一といってもいいくらい、昔からチーム内の競争が激しいチームである。

私の現役時代は外野に松井選手と高橋選手のふたりがおり、補強策によって移籍してきた実力派のベテラン野手や外国人選手たちと、残りの一枠を争わなければならなかった。私は常にレギュラーの地位を脅かされていた。

入団以来、ずっと100試合以上に出場するシーズンを重ねてはいたが、そういった競争意識は常に自分の中にあった。

入団してから数年、私は相手チームの先発が左投手の場合、スタメンを外されることがたびたびあったが、自分自身は左投手に対して苦手意識をまったく持っていなかった。実際、まわりにも「左投手でも打てるのに」と言ってくれる人もいた。しかし、使う選手を決めるのは監督である。だから私は「なんで自分を使ってくれないんだ」と当初持っていたネガティブな思考を捨て、「だったら使ってもらった試合でしっかり結果を出すしかない」と切り替えた。

要は「左投手をもっと打てるようになろう」と思うのではなく、「使ってもらった試合でしっかりと成績を残していけば、自ずと左投手の時でもスタメンで使わざるを得ない選手になれる」と考えたのだ。

繰り返しになるが、幸いにも私のそばにはお手本となる松井、高橋両選手がいた。レギュラーになるために「このふたりを倒そう」とはまったく思わなかった（思えなかった）が、ふたりを追い越せないにしても、打率なら付いていけるかもしれないと思っていた。ふたりに付いていければ、自分もある程度の数字を残せるという確信があった。その結果が2001年（打率3割2分4厘）、2002年（191安打）の好成績につながっていったのだと思う。

「チャンスをなかなかもらえないから実力が発揮できない」というネガティブな考え方に囚われたままだと、本当に実力が発揮できずに終わってしまうことになる。使う、使わないは監督が決めることで、自分ではどうしようもできない。自分ができるのは、結果を出すための準備を続けることだけなのだ。

チャンスは万人に平等に訪れるわけではない。チャンスは恵んでもらうものではなく、自分でつかみ取りにいくものだ。私はそれを超一流選手たちと切磋琢磨することで学んでいった。自分が力を発揮できないことを他人や環境のせいにしているうちは、成功はその人のもとに決して訪れないと思う。

## 無事是名選手
## ——体が強いのも一流の証

プロ生活14年のうち、幸いにも私はシーズンを棒に振るような大きなケガをすることなく、現役生活を全うすることができた。

ただ、そうはいってもプロ野球選手にケガは付き物である。私もプロ入り4年目の1999年と8年目の2003年にふくらはぎの肉離れによって登録を抹消され、戦列復帰するまでにそれぞれ1カ月以上を要したことがあった。

ストレッチやマッサージなど体のケアをしっかりしているつもりでも、長いシーズンを戦っていると、たまった疲労が体のあちこちに表れてくるようになる。私の場合はそれがふくらはぎに出た。

最初に肉離れを起こして以降、私はそれまで以上に体のケアをしっかりとするようになった。試合前、試合後のストレッチやマッサージはもちろんだが、普段の食事や睡眠など、野球を離れた部分での過ごし方にも気をつかうようになった。お酒は嫌いなほうではないが、現役時代は深酒することは避けていた。

プロで長くプレーするためには、準備とアフターケアだけでなく、普段の生活から自分を律していかなければならないことを、私は周囲にいる一流選手たちから学んだ。現役を長く続けている選手ほど、日頃から自分を律し、節制し、体をできる限りベストの状態に保とうとしている。ただ単に体が強いから、長く現役生活を続けていられるわけではないのだ。

多くの選手がそうであると思うが、腰は疲労がたまりやすい部位のひとつである。だが、その腰にしても私は動けなくなるほどの腰痛になることはなかった。これに関しては、丈夫な体に産んでくれた親に感謝するのみである。

競馬の世界には「無事是名馬」という言葉がある。この言葉は、優秀な成績を収められなかったとしても、ケガなく無事に走り続ければそれだけで名馬であるということを意味している。そしてこれは、長いシーズンを戦い抜くプロ野球選手にも同じことが言えると思う。長くプロで活躍している選手はそれだけですごい。「無事是名選手」なのである。

## 苦手な夏場をどう克服したのか

プロ野球選手には、夏場が得意な選手もいれば苦手な選手もいる。松井選手は夏がとても得意で、私が入団したばかりの1996年には7月、8月と2カ月連続で月間MVPを獲得し、チームの逆転リーグ優勝に貢献した。

松井選手とは逆に、私は暑い夏がとても苦手だった。シーズン中盤、疲労もたまってくる時期であり、夏バテしやすい私は食も細くなりがちだったから、「夏をどう乗り切るか」が毎シーズンのテーマでもあった。

夏の中でもとくに私が一番苦手としていたのは、夏真っ盛りとなる7月中旬から8月中旬にかけてである。

8月も下旬になればシーズン後半に突入し、ゴールが見えてくるので「あともう少し」と精神的にもがんばれるのだが、7月中旬～8月中旬にかけてはそういった精神的な救いとなる目標もなく、本当に辛い時期だった。

夏場は子供たちも夏休みとあって、プロ野球全体でファンサービスに力を注ぐ時期でもある。連戦も多く、暑さと連戦の疲労によって、体力はどんどん奪われていった。

そんな苦手な夏を乗り切るために、私がもっとも気を配っていたのが「食事」と「睡眠」である（また、春先はランニングやトレーニングを多めにするようにもしていた）。

夏バテしないように、私は食欲がなくてもできる限りしっかりと食事を取るようにしていた。結婚してからは妻が食事の面で大いに私を助けてくれた。家に帰れば毎晩、栄養面なども考慮された、食欲があまりない私でも食べやすいメニューが食卓に並んでいた。また、朝食もおろそかになりがちだったので、あえて朝食もしっかり取るようにしていた。

また、夏場に一番気を付けなければならないのが、睡眠不足による疲労の蓄積である。心身の疲れは睡眠によって回復し、翌日も元気に動ける状態となる。睡眠が足りていない状態だと疲労がどんどん蓄積され、それが成績不振、あるいはケガといったものにつながってしまう。

だから、夏場は最低でも必ず8時間は睡眠を取るようにしていた。夏バテしやすい人にとって「食事」と「睡眠」は健康を保つ上で欠かせない要素なのだ。

# 第4章

# プロで生き残るための職人技

## 落合博満選手、前田智徳選手、超一流のバッターは懐が深い

近年、破竹の勢いで快進撃を続ける広島カープ。その黎明期を支えたプレーヤーのひとりに、2013年に現役を引退した前田智徳さんがいる。

2019年3月に引退を表明したあのイチロー選手は、かつて前田さんを「本当の天才」と称した。落合さんも以前「日本一のバッター」として前田さんの名を挙げていた。

私も現役時代、前田さんのいるカープとは何度も対戦したが、打席に立った時の「打ちそうな雰囲気」は12球団の中でも前田さんが際立っていた。

「打ちそうな雰囲気」という表現は漠然としすぎているかもしれないが、ある程度野球をやったことのある人ならわかってもらえると思う。前田さんの「打ちそうな雰囲気」はとにかく別格だった。

わかりやすく言うならば、ピッチャーの投じたボールを打ちにいく段階での、構えてからトップの位置に入るまでの雰囲気、懐の広さとでもいうのだろうか。ストライクゾーンのどこに投げても打たれそうな、そんな殺気が前田さんには漂っていた。

これは落合さんの現役時代のバッティングにも共通しているのだが、超一流バッターのバッティングを横から見ていると、ピッチャーが１５０キロのストレートを投げたとしても、そのボールが速く見えない。落合さんも前田さんも構えた時の懐が深く、タイミングの取り方もゆったりしているため、横から見ていてピッチャーのボールが速く見えないのだ。ボールがヒッティングゾーンを通過する時、ふたりはいつでもスイングできるような殺気があった。ちなみにそういった雰囲気は松井選手も高橋選手も持っていた。

落合さんの打撃フォームは、本当にスローモーションを見ているかのようにゆったりとしていた。それでいてスイング自体はとてつもなく速い。本来の主導権は投げる側であるピッチャーにあるはずなのに、気づけば落合さんが投げさせているような雰囲気になっている。そういった「凄み」を持ったバッターはプロ野球界でもほんの一握りしかいない。

これからのプロ野球界に、かつての落合さんや前田さんのような雰囲気を持った超一流のバッターが現れることを期待したいと思う。

## 3割バッターと2割5分バッターの差とは？

落合さんや前田さんのバッティングを間近に見て、その天才的な雰囲気は真似できないにしても、タイミングの取り方やボールとの間合いの計り方といったものは参考にできると思い、実戦の中でずいぶんと観察させていただいた。

いいバッターは始動が早く、タイミングを取る動きがゆったりしている。逆に始動の遅いバッターは、タイミングを取る動きが忙しい。そうなるとボールの見極めもできず、芯で捉える確率も思ったように上がらない。

落合さんにしろ前田さんにしろ、タイミングをゆったり取るために始動そのものが早かった。私はふたりのバッティングを見て、スイングを速くすることはもちろん大切だが、始動を早めつつ、いろんなピッチャーのモーションと投げるボールそれぞれに対応していくことが重要なのだと学んだ。

また、いいバッターに共通している点として、もうひとつ「打つポイントが一点ではない」ということが挙げられる。

プロ野球の世界では、3割バッターと2割5分のバッターでは評価がまったく異なる。だが、3割バッターが100打席中30本のヒットを打っているのに対し、2割5分は25本でその差はたったの5本である。しかし、この5本の差が実はとてつもなく大きい。そしてその差は「ヒッティングゾーンの奥行き」に秘められているのだと私は考えている。

いいバッターは、「ヒッティングゾーン」の奥行きが広い。たとえば、ど真ん中付近を通過する変化球が来たと想定しよう。いいバッターはボールの軌道に対して、ホームベース上に奥行きおよそ1メートル程度のヒッティングゾーンを持っている。要は、体の前のヒッティングゾーンの奥行きが広いから、多少タイミングを外されたとしてもボールを捉えることができるのだ。

しかし、2割5分のバッターはヒッティングゾーンに奥行きがない。だからタイミングを外されたら非常に脆い。この外された時に対応できるか否かの差が、ヒット5本の差として表れるのである。

いいバッターはタイミングの取り方や間合いがゆったりしており、なおかつヒッティングゾーンの奥行きも広い。プロ野球を見る時、そのあたりに注目して観戦してみても面白いかもしれない。

## 初球からすべて打ちにいく ——プロで成功するには積極性が大切

私の現役時代をご存じの方はおわかりだろうが、当時の私はいわゆる「積極的に打ちにいくタイプ」の選手だった。とくに入団当初の私は「初球からすべて打ちにいく」という心構えで打席に立っていた。

私のバッターとしての基本的な心構えは「全部を打ちにいき、ボール球は見逃す」である。中には「ストライクだったら打ちにいく」という選手もいるが、私はすべて打ちにいって「ボールだったら見逃す」というスタンスだった。

ボールを見極めるのが最優先で、ストライクだけを打とうとするのと、すべて打ちにいってボール球を見逃すのとでは、見逃し方がまったく違う。私は後者のほうがバッティングの形としてはいいと思っていたので、その考え方をとても大切にしていた。

ちなみに、こういった考え方になったのはプロに入ってからである。学生時代は「ボール球を振るな」と言われて育ったため、打つことよりも見極めることのほうが優先されていた。

1番バッターはストライクとボールをしっかり見極め、四球で出塁することも求められる打順である。しかし、当時の指揮官だった原監督からは、私を1番バッターに指名した際、「今まで通り積極的に行っていい」と言ってもらえた。私はこの言葉でとても楽になり、結果として余裕を持ってバッターボックスに立てるようになった。

バッターは「すべて打とう」と準備していればいろんなボールに反応できるが、「ストライクだけ打とう」と思っていると、甘い球でも意外に手が出なくなったりしてしまうものである。

「低めに手を出すな」という指示と、「真ん中から高めを積極的に打っていこう」という指示は内容としては同じことを意味しているが、前者はバッターの積極性を阻害してしまっているから打率が下がり、積極性を促す後者の言い方のほうが打率は上がるという科学的な研究結果も出ているらしい。

「初球から受け身にならず（選びにいかず）、積極的に打ちにいく」という姿勢は、プロ、アマ問わず必要な心構えなのではないだろうか。

## 狙い球はふんわりとしたゾーンで絞る

ＩＤ野球の生みの親である野村克也さんは現役時代、相手ピッチャーの配球パターンやクセを読み、狙い球を絞って打ちにいっていたという。

私の現役時代といえば、配球を読む、ヤマを張るということはしなかった。しなかったと言うと格好よすぎるが、正直に言えばできなかったのである。

たとえば私は「次の球種はストレートだ」とヤマを張ったとすると、ストライクゾーンを外れたボール球であっても、その球種がストレートなら打ちにいってしまうタイプだったからだ。

私はそういうタイプだったので、配球を読んだり、ヤマを張ったりすることなく、初球から打てるボールは打ちにいっていた。そんな中で大切にしていたのは「このゾーンに来たら打つ」という待ち球である。

私が待ち球としていたのは「真ん中から高めにかけてのゾーン」だった。そこに来たボールを、センターに打つイメージで打席に立っていた。球種はとくに設定していなかったが、あえて言えばスライダーを打つくらいのイメージで、真っすぐにも変化球にも対応するようにしていた。

球種による待ち球の基本は「ストレート待ちで、変化球にも対応して打つ」であるが、私の場合は「スライダーくらいの変化球待ちで、ストレートにも対応するる」のほうが合っていた。しかし、いずれにせよプロ野球の世界で戦っていくためには、「速いストレート」に対応できなければやっていけないことだけは確かである。

また、高めを待つにしても「高めはここまで」と線を引くと、際どいところに来たボールはすべて見逃すようになってしまう。私は自分がそうなるのが嫌だったので、ふんわりとしたゾーンのイメージを高めのあたりに描き、「このあたりに来たら打つ」と思って打席に立っていた。積極性を失わないためにも、ヒッティングゾーンはふんわりと描くぐらいが私には合っていたのだ。

## 扇型のフェアゾーンに幅広く打ち返すためには？

プロ入団当初、私は強い当たりを打つことを第一目標に、ただがむしゃらにプレーしていた。しかし、入団3年目を過ぎたあたりから、パワーヒッターではない私はそれだけではプロとしてやっていけないことに気づいた。そこで私は打率を上げるために、コーチなどの助言も得ながら広角に打ち分ける練習を始めた。

ヒットの確率を上げるためには、扇型のフェアゾーン90度を幅広く使い、その中に強い打球を打ち返していければ打率は上がる（いわゆる広角打法）。この打ち方なら、自己採点では「60〜70点」と感じたスイングでもヒットが打てる。そこで、まずはどうやれば幅広く打ち返す技術が身に付くかを考えた。

試行錯誤を繰り返しながら、私の場合、練習では左中間に打ち返すイメージを持って打つのが一番効果的なことに気がついた。

ピッチャーがどんな球種をどのコースに投げるのかは、その瞬間になってみなければわからない。18・44メートルの距離から投じられたプロのボールを、完璧なタイミングで、しかもバットの芯で確実に捉えるということはある意味離れ業であり、奇跡みたいなものである。

私レベルのバッターがそんな奇跡を追い求めても、率を上げられるわけがない。だから私は率を上げるために、完璧でなくてもいいのでできる限りボールをバットの芯付近で、テニスラケットのように面で捉えられるようなスイングを身に付けようと思った。そしてそのスイングを実践していくには、打つ方向を練習では左中間方向に定めておくのが一番効果的なことがわかったのだ。

投じられたボールに対し、その軌道の中で打てるポイントをいくつも持っておけば、多少タイミングを外されたとしてもフェアゾーン90度の中に打球を飛ばすことができる。そのためには体が前に突っ込んではダメなので、じっくりとタメをつくる意味で左中間をイメージすることが重要だと考えたのだ。

この打法を追い求めるようになってから、試合前のフリーバッティングでは逆方向に打つことから始めるようになった。その逆打ちを続けていく中で、感覚が少しずつよくなってきたらスイングの強度を強めながら打球の方向を徐々にセンターへと向けていく。これが私の練習の日課となった。

## プロの目に適うバットはほんのわずか

プロ野球選手になって以降、バットに関しては契約したメーカーに自分の希望を伝え、オリジナルのバットをつくってもらっていた。

1回注文すると1ダース（12本）のバットが後日届くが、その中でも実際に特別よいと感じるものは2〜3本だった。

同じ形、重さのバットでも、自然の木から切り出されたバットは湿気などの影響でバットのバランス、グリップを握った時の感覚にわずかな違いが生じる。これはどんなに技術の高い職人さんがつくったとしても、自然界のものを加工しているためにどうしても生まれてしまう誤差だといえる。また、それぞれのバットにある木目も反発力に大きく影響した。自然から生み出された木製バットは、実に繊細なのだ。

私はプロに入った直後はわりと細めのバット（バットの重心が先端付近にある長距離ヒッタータイプ）を使っていた。

その後、広角を意識した打ち方へとバッティングを変えていく中で、芯のあたりを多少太くしたり、グリップの形状を変えたり、バランスを芯寄りのところに持ってきたりと、マイナーチェンジを繰り返しながら自分なりの理想のバットを追い求めた。

私がプロ入り当初に使用していた長距離ヒッタータイプのバットが、細くて重心が先端にあるのは、そのほうが遠心力をうまく使えるため、飛距離が出やすいからである。だが、これは重心がグリップから遠い分、操作は難しく、使いこなすためには高い技術を要するバットである（かつてのジャイアンツでは落合選手や松井選手がこのタイプのバットを使っていた）。

逆に芯やグリップの部分が多少太く、重心もバットのやや中心部分にあるものは操作性に優れ、バット自体も太いのでミート性能も高い。これは打率を求めるアベレージヒッターが多く使用するバットである。

ただこれはバットの種類を大きく分けた場合であって、バットの太さ、重量、材質、バランス、グリップの形などその種類を細かく挙げたらキリがない。だが、バットは野手の重要な商売道具のひとつである。それだけに選手はみなそれぞれが試行錯誤しながら、こだわりを持ってバットをオーダーしていたように思う。

私もバットの重心を変えたり、グリップの太さ、形を変えてみたりといろいろ試したが、シーズン最多安打を記録した2002年につくったバットが一番自分にしっくりきたので、このバットを2009年の引退までずっと使い続けた。

どの業界にも言えることだと思うが、自分の使う道具にこだわるのは、その道を極めようとする者としては当然のことではないだろうか。

## 一流選手たちの独特のバッティング練習

ここまで繰り返し述べてきたが、一流選手たちは努力を惜しまない。誰よりも練習し、そして結果を残す。

さらにひとつ付け加えておきたいのは、一流選手というのはただ練習するだけでなく、いろいろなことを深く考え、追究しながら練習に取り組んでいるということである。

単に時間をかけるだけではなく、そして量をこなすだけでもなく、自分にとって何が必要で、それを実践するためにはどうしなければならないのか。プロで長く結果を残し続けている選手たちはみな、練習に自分なりの考えを持って取り組んでいた。

たとえば、ジャイアンツ時代の松井選手のティーバッティングも実に個性的だった。きっとみなさんは、松井選手のティーバッティングはあのパワフルなスイングで、強い打球をネットにバンバン打ち返すものだとイメージしているだろう。

しかし、松井選手の実際のティーバッティングは、ネットに強い打球はまったく飛ばない。松井選手はわざとボールの下側を打ち、ポップフライになるような打球を放っていた。

当時、松井選手になぜそのような打ち方をしているのか聞いたことはないが、たぶん彼は打球を上げるため、そして打球にホップ回転（バックスピン）を与える感覚を体に染み込ませるために、ああいった練習を繰り返していたのだと思う。

高橋選手のティーはいろんなやり方をいつも試していた。中でも私がよく覚えているのは、投げ手がボールをワンバウンドさせ、そのワンバウンドしたボールをネットに打ち返す練習である。

通常のティーバッティングでは投げ手がバッターに向かってボールをトスし、バッターはそのボールをネットに打ち返す。高橋選手がワンバウンドしたボールを打っていたのは、きっと体にタメをつくりたかったのだろう。投げ手がボールをワンバウンドさせることで、そこに一拍の間ができる。この間が、打つ時のタメにつながるのだ。

落合さんのフリーバッティングも新人だった私にはとても参考になった。落合さんはフリーバッティングで、あえてピッチャーに緩いボールを投げさせていた。その緩いボールをライト方向に流し打つことから始め、徐々にその方向をセンター、左中間へと変えていった。決してフルスイングすることなく、軽いスイングでポーン、ポーンと打ち返していくのが落合流のフリーバッティングだった。

私はこうやって周囲の一流選手たちの練習方法を見ながら、取り入れられることは取り入れ、自分なりの練習、調整方法を確立していったのである。

## 二岡智宏選手、阿部慎之助選手の独自練習法

私がやっていた独自の調整法としては、片手（後ろ手）もしくは両手でバット

を短く持った状態でのティーバッティングを行っていた。

グリップの一番上の部分を後ろ手で持ち、ネットにボールを打ち返す。この時、普段はネットの方向に真っ直ぐ打ち返すが、この練習ではあえて投げ手の方向（逆方向）へ打つようにしていた。

片手なのでそれほど強くは振れない。この練習の目的は、強く振ることよりもしっかりと面で捉え、バットにボールを乗せるような感覚を体に覚え込ませることを主眼としていた（P232で詳述）。このやり方は自分なりに考え、必要だと思ったから取り入れた練習方法である。

また、ジャイアンツの後輩だった二岡智宏選手と阿部慎之助選手も、自分なりの練習方法を毎日実践していたのでここでご紹介したい。

二岡選手はティーバッティングの際、前足（左足）を高さ20～30センチほどの台の斜めになっている部分に乗せてボールを打っていた。

前足を台に乗せた状態でバットを振ると、前足の股関節が固定されるため、スイング時に自然と投手側の股関節に壁ができる。この練習では、スイングの際に下半身を開かずに打つ感覚を体得することができ、壁の意識づけもできるようになる。二岡選手は自分自身で考え、この練習方法を取り入れていたのだと思う。

一方、阿部選手が行っていたのは、ピッチングマシンを相手にした独特の練習方法である。

マシンから投じられたボールを打つのだが、その打つ方向はほぼ直角の真横。ボールをカットする時に、バットを止めて真横方向に打つことがあるが、あの要領でひたすら真横に打ち続けていた。しかも阿部選手はバットを止めず、普通にスイングしながら真横に打っていた。

バッティングの際、正しくスイングするにはグリップ部分からバットを出す必要があり、その後「内から外」のイメージでバットを振っていく。阿部選手はその動きを確認すると同時に、真横に打つことで「ボールをできるだけ長く見る」ことを意識づけしていたのだと思う。

プロで長く活躍している選手はみな、自分の調子のいい時、悪い時の状態をよく知っているし、その対処法を持っている。少なくともジャイアンツで長く結果を出し続けている選手はみんなそうだった。

当時、選手同士で技術論を交わすようなことはほとんどなかった（だからといって別に仲が悪かったわけではない）。練習ではそれぞれが個として己の道を進みつつ、試合になった時にその個がチームという集合体となって、とてつもない力を発揮する。当時のジャイアンツにはそういった強さがあったように思う。

## プロは修正力が必須

調子が悪くなってきた時、その症状を感じてすぐに対処法、解決法が思い浮かべば、長期のスランプに陥るようなことは避けられる。悪い状態をいかに早く修正し、不調から脱するか。プロの世界で生き残っていくためには、そういった修正力が必須だと思う。

私は普段から、練習では左中間方向へ打つことを意識していたが、「ん、ちょっと最近バットが出てこない（ヘッドを利かせたバッティングができていない）な」と思えば、いつもとは逆に、あえてライト方向に引っ張りつつ、ボールにドライブ回転を与えるようにしてフリーバッティングを行ったりもしていた。

修正力を身に付けるには、それが正解なのか、間違っているのかは関係なく、とにかく自分で対処法を考え、修正を試み、正解だったやり方を自分の中にストックしていくしか方法はない。

一番よくないのは、出た結果に対して何も考えずにいることだ。いい結果、悪い結果、どちらの結果だったとしても、そこには必ず原因がある。なぜよかったのか？　なぜダメだったのか？　その原因を究明し、出てきた答えを次に生かす。その作業を繰り返すことで修正力が身に付き、自分を成長させてくれるのである。

プロで成功している選手たちは、その日あったことをその日のうちに修正し、必ず次の日に生かしている。場合によっては、1打席目の内容がよくなかったらベンチ裏で素振りなどをして修正し、2打席目に生かす。2打席目もダメだったらまた修正し、3打席目に生かす。そういった地道な作業を繰り返している。

長いシーズンを戦っていれば、その試合の打席すべての内容が悪く、4タコ、5タコを食らうことだってある。そんな時、ただ何となく「悔しい」だけで一日を終えてしまうのか、それとも修正を施し、その失敗を次に生かそうとするのか。そこにプロで成功できるか、できないかの差が出てくるように思う。

修正法に「これ」という正解はない。10人いれば10通り、いやそれ以上に考えれば考えるほど修正法は存在する。自分に合った修正法をどれだけ多く見つけられるか。長く活躍するための秘訣はそこにある。

## アンテナの感度を上げて予兆を感じ取る

自分の状態の良し悪しを知るのも、たくさんの修正法を見つけるのも、結局は自分の中にある「感じる」というアンテナの感度がよくなければできないことである。

自分に起きた結果に対し、その原因を考えるためには、まず最初に「感じる」という感度を保っておかなければならない。何となく打席に立って、何となく打っているだけではその後何も生まれてはこないのだ。

また、日頃から常にアンテナを張り、周囲から情報を集めることもとても大切だし、そこには「観察力」という力も求められるだろう。

バッティングにおいて、ホームランは最高の結果である。ホームランを打ったら、誰だってうれしいだろう。でも、ホームランを打てば何でもいいかといえば決してそんなことはない。ホームランの質を考えれば、そこにはいいホームランもあれば、次に向けて少し修正が必要なホームランだって存在する。

ホームランの内容によっては、「次は気を付けないといけないな」と修正が必要な時もある。結果がよかったとしても、その中に悪くなっていく予兆みたいなものが隠されている時もあるのだ。常にアンテナをしっかりと張り、そういった予兆をいかに自分で感じ取っていくかが大切なのだと思う。

私は凡打だけでなく、ホームランやヒットを打った時も、ベンチに帰ってきてから一呼吸置いた後でその打席を振り返り、その打席に隠された意味を感じ取るようにしていた。

ヒットにしろホームランにしろ、結果はよくても内容は実にさまざまである。その内容から、いかに自分の状態を感じ取ることができるかが肝心なのだ。「こういう打球が行っていればOK」という自分の理想があり、その理想通りにヒットが打てていればいいが、中には違和感を覚えるようなヒットもある。結果がよかったとしても、それに対して何かを感じる力がある選手は、プロの世界でも伸びていく可能性を秘めていると思う。

私の場合、ドライブのかかったトップスピンのゴロがライト側に飛ぶと、たとえそれがヒットであったとしてもとても違和感があった。自分の中に「今のは嫌だな」とか「何か違うな」と少しでも感じたら、それは「気を付けろ」という信号が発せられていると思って間違いない。アンテナで信号をキャッチしたら、後は修正を加えていく。華やかに見えるプロ野球選手も、実はそういった地道な作業を毎日続けているのである。

## 私の1番打者論
## ——チームに勇気を与えられるのがいい1番打者

2002年に原辰徳さんがジャイアンツ監督に就任し、私は原監督から1番打者に任命された。

私はそれまでジャイアンツでは2番を打つことが多かったが、元々が器用に細かいことのできるバッターではなかったから、2番と1番を比較すると1番のほうが自分の性分には合っていたように思う。

原監督からは「今まで通りでいい。積極的に打っていってくれ」と言われ、気分的にもとても楽に1番を打つことができた。

1番打者は、塁に出ることが使命である。粘って四球を選んで出塁するという考えが頭になかったわけではないが、私は打って出塁することを一番に考えていた。きっと、原監督も私にそのような役回りを求めていたと思う。

ただし、打って出塁するのがベストとはいえ、10回中7回失敗するのが打撃である。いくら打って出塁したくても、毎打席打てるわけではない。だから私は打てなかったとしても、チームに勇気を与えられるような打席の終わり方をしたいと常に考えていた。

完全に手も足も出ない形で、三振や凡打には終わりたくない。三振や凡打で終わったとしても、そこに何かしらの爪痕は残したい。三振ならば粘った末の三振、凡打ならばいい内容の凡打にしたい。失敗の中に光明が見えるような、そんな終わり方ができるようにいつも心掛けていた。

打って塁に出る。三振や凡打に終わったとしても、そこに何らかの爪痕は残し、チームを勇気づけられるような打席にする。私の1番打者としての基本的な考え方は、このようにシンプルなものだった。

その結果として、シーズン191安打を打てたこと、そしてジャイアンツの日本一に貢献できたことは、自分にとってこの上ない喜びである。

第5章

# 伸びる選手と伸びない選手はどこが違うのか？

## 指導者が解決策をすぐに示すのはよくない

埼玉西武ライオンズに移籍した２００９年、私は思うようなバッティングができず、シーズン途中で「チームに貢献できる打撃ができなくなってしまった」と感じて引退を決意した。

そしてその後、２０１１年から２０１５年にかけての５シーズン、私はジャイアンツの二軍と一軍で打撃コーチを務めた。

コーチとして選手たちと接する際、私は「こうしろ」と強制したり、解決策をすぐに示したりしないように気を付けていた。

私の伝えたことが、その選手にとってすべて正しいかどうかは結果を見ないとわからない。また、仮にその時の結果がよかったとしても、伝えたことが本当に正しかったかどうかを判断するには、もっと長期的な視点で見る必要もある。

私の中に「短期的にその選手がよくなればいい」という考え方はなかった。だから、私の思う解決策を示すより、「こう意識するといいんじゃないか?」「こういった練習法(修正法)もあるよ」と、私の引き出しにあるいくつかの方法を選手に提示するようにしていた。

たとえばバッティングの際、体が開いてしまい、思ったような結果が出せずにいる選手に対して「体を開かないように打て」と言うのは誰にでもできることだし、そんな伝え方をしても何の解決策にもならない。

体が開くような形にそれ以前の段階からなっているわけだから、そこを指摘して体のどこにどのような意識を置けばいいのか、またそれを修正していくにはどんな練習方法がいいのかを私は伝えるようにしていた。また、選手によってそれぞれの考え方、受け取り方、感じ方も違うので、相手を見て「どう話したら一番伝わるか」をまず最初に考えるようにもしていた。

選手たちに説明するのは、私が現役時代に経験してきたことがベースになっている。そしてその中には、私自身が経験したこともあれば、私の周囲にいた一流選手から学んだこともある。とにかくその都度、選手にどう話したら一番伝わるのかを第一に考え、時に私が見てきた一流選手の練習方法などを伝えてあげることもあった。

また、選手たちにはいつも「正解はひとつじゃないよ」ということも伝えるようにしていた。私の話を聞き、そこから自分なりに考えて新たな答えや練習方法を導き出してくれればそれが一番いい。コーチの役目は、その選手にとって正しいと思われる方向へ導いてあげることと同時に、選手自身に考える力を高めていってもらうことでもあるのだ。

## コーチに大切なのは伝えるタイミング、選手に大切なのは聞く耳を持つこと

選手に何かを伝えようとする際、私は内容もさることながら、それを伝えるタイミングも重要だと考えていた。

たとえば試合中、凡打をしてとても悔しがり、頭に血が上ってしまっている選手がいたとする。そのような状態にある時、こちらが何かを伝えようとしても選手は聞く耳を持たないだろうし、もし仮に聞いていたとしてもこちらが話した内容などはまったく頭に入っていないに違いない。

そんな時は、こちらが何かを言いたくてもグッとこらえ、選手が冷静になったタイミングで伝えなければならないことを話すべきだろう。

もちろん、瞬間的に「今言わなければならない」ということもある。そういった時はできる限り短く、選手の心に響くような言葉を選んで伝えるようにすればいいと思う。

また、逆に選手の立場で考えた時、自分を成長させていくために重要なのは「聞く耳を持つ」ということである。

コーチや周囲の人からの助言があったとしたら、まずは聞いてみる。そして実践した上で、自分に合っていれば取り入れればいいし、合っていなければ別のやり方をまた摸索すればいい。

自分の成長を阻害する一番の要因は、そういった周囲からの助言を「聞かない」ことである。聞く耳を持たず、変わろうともしない選手は、自分の実力をなかなか伸ばせない。これは私が今まで生きてきたプロ野球人生の経験上、言えることだ。

今あなたが長い期間、満足のいく成績を残せていないとする。だとしたら、現状から何かを変えていく必要がある。何かを変えなければ、新たな一歩を踏み出していかなければ、あなたのいる位置は今と変わらないままである。

当然、やり方を変えたからといって、すべてがいい方向に行くとは限らない。変えたことによって、今以上に悪くなることも十分に考えられる。

しかし、そのリスクを恐れていたら何も変わらないし、あなたの中に秘められた可能性はどんどん閉じていってしまう。自分を成長させるには、そこで変わる勇気が持てるかどうかにかかっている。

プロ野球の世界では、たとえタイトルを獲った実力派の選手であっても現状に満足せず、常に変わろうとしている。ホームランを30本打った人は、翌年35本を打とうと何かを変化させる。３割を打った人は、翌年は３割１分を打とうと必死に変化を模索する。変化した結果、成績を落とすこともあるが、長く活躍を続ける選手たちの多くは、このような変化を決して恐れないのである。

## 間違った努力と正しい努力を見極める力

自分を成長させていくためには、目的地だけでなくまずは自分の現在地をはっきり確認しておく必要がある。自分の現在地を知り、その上で目的地までのルートを設定する（要はカーナビ機能と同じである）。

ルートの設定の仕方は、目的地から逆算して「やるべきこと」を導き出し、道をつくっていけばいいと思う。

人はどうしても自分に対する評価は甘くなる。でも、自分を成長させたいのであれば過大評価をせず、冷静かつ客観的に厳しい目で自分の現在地を明確にしなければならない。

目的地へと向かうための道が決まれば「やるべきこと」も決まる。あとは目の前のやるべきことを一つひとつ着実にこなしていくだけ。大きな目標も、小さなことの積み重ねによって達成されるのだ。

ただし、目的地に向かって描いた道が本当に正しい道なのかどうかは、誰にもわからない。それが正しい努力なのか、それとも間違った努力なのかは結果が出てみないと判断できない。

しかし、常に「感じる力」を磨いておけば、ちょっとした変化にも気づくことができるし、「この道はちょっと違うかな」と思えばすぐに方向を修正することもできる。それが結果として正しい努力となり、自分の目指す目標へとつながっていくのである。

たとえば、バッティングの技術を上げたいからといって、ただ漠然と素振りの本数を増やすだけでは、それこそ間違った努力になってしまう可能性がある。バッティング技術を向上させたいなら、まずはスタート地点である現在地をはっきり見極め、自分が目指すべきはホームランバッターなのか、アベレージヒッターなのかを考えなければならない。

プロ野球には、学生時代に「4番でエース」だったような人たちばかりが集まってくる。でもみんながピッチャーをやれるわけではないから、それぞれが自分の立ち位置を見極め、自分の目指すべき方向へと舵を切っていくわけだ。

私もプロになったばかりの頃は、ホームランを打ちたいと思っていた。だが、それを追い求めていたら自分は生き残ることができないと悟ったので、目指すべき方向を変えた。

目的地以前の問題で、現在地の自己評価が間違っていたら、その後行う努力はすべて間違った努力となってしまう。正しい努力をするためには、まず自分の現在地、そして目指すべき目的地を冷静な視点で見つめ直すことが肝心なのだ。

## 一軍で活躍する選手になるために必要なもの

プロ野球選手の中には、プロの世界に入ったことだけで満足してしまい、そこで努力を止めてしまう選手もたまにいる。でもそういった選手は、残念ながら人知れず消えていくことになる。

プロ野球選手とは、一軍で活躍してこそプロ野球選手である。一軍で活躍するためには何が必要か、そして何をしていかなければならないかを考え、日々の練習に取り組んでいける選手が伸びていく。

ジャイアンツの二軍は読売ランドにあるグラウンドで練習しているが、そこに一軍バリバリの選手が調整のためにやって来ることがある。二軍の選手たちはそれを見てどう思うか。レギュラー選手の練習を見てどう感じるか。そこが肝心なのである。

一軍で活躍する選手の練習を見て、ただ「すごい」と感じるだけではダメで、だったら自分はどうしていく必要があるのかを考えられる選手でなければ一軍には上がれない。

坂本勇人選手は、プロ入り2年目の20歳という若さで一軍に定着した。そして彼は阿部慎之助選手やラミレス選手といった一流選手からいろんなことを貪欲に学んでいったと思う。

元々坂本選手は優れた能力を持っていたが、それを開花させることができた理由は、彼に「考える力」があったからである。また、坂本選手は負けん気も人一倍強い。いろんな悔しい経験をしたと思うが、その悔しさが彼の成長の糧となったのだと思う。

より高いレベルを目指すのであれば、常に努力をしなければならないのは当然である。幸い、プロ野球選手は、試合の前と後に練習できる時間がいくらでもある。私はその時間を利用し、試行錯誤しながら練習に取り組んでいた。

また、「量」だけでなく「質」も重視していた。ピッチングマシンを打つにしても、ただ打つのではなく「狙った方向（とくに左中間方法）に質のいい当たりを打つ」という明確なテーマを持って、そうするためにはどうすればいいのかを考えながら取り組んでいた。ただ漠然と「量を打つ」だけでは、技術を向上させていくことは難しいからだ。

自分はどうしたい（どうなりたい）のか。そのためには何が必要で、何をしなければならないのか。そういった目標を明確にした上で、自分なりの練習に取り組んでいくことが肝心なのだ。目標に向けた道筋がきちんと描けていれば、やるべきことは決まってくる。あとは自分の道を信じて進んでいけばいいのである。

## 「明日またがんばればいいや」に明日はない

二軍でコーチをしていた頃、試合でエラーをしたり、あるいはヒットを1本も打てずに終わったりしても、悔しさをあまり感じていないように見受けられる選手がいた。中には「明日またがんばればいいや」と、実際に口にしている選手も目にした。

私が言うまでもないことだが、プロというのは厳しい世界である。いつクビになるかわからない。その日の試合で結果がまったく出なかったとしたら、少なくとも一軍でレギュラーを張っている選手は「明日またがんばればいい」というようなことは決して言わない。チームの雰囲気を考えて「いい日もあれば、悪い日もある」といったことは言うかもしれないが、そのような選手でも実際には自分自身のふがいなさに腹わたが煮えくり返っているはずだ。

「打てなくてもしょうがない」と思ってしまうような選手が、一軍でレギュラーを張ることは難しい。力を出せない選手の中には、そういったプロの厳しさをいまひとつ理解できていない選手も多いように感じる。

私自身、現役時代には「結果が出なければ次はない」という危機感を常に持っていた。だから、「打てなくても明日がある」というような考え方はまったく持てなかった。

もちろん、「今日ダメだったから、明日がんばろう」という気持ちの切り替えは大切である。だが、その裏にはダメだった原因を考え、翌日の試合に備えて結果を出す準備をするという姿勢がなければならない。

「明日またがんばればいいや」という考え方は、問題を棚上げにしているだけで何の解決策にもなっていない。「明日またがんばればいい」とは、他の人から掛けてもらう励ましの言葉であって、決して自分から思ったり、言ったりするようなものではないのだ。

私の場合、いい結果を出せなかったとしたら、試合後に「なぜ打ち取られたのか」を自分なりに分析しながら、素振りをしたり、ティーバッティングをしたり、あるいはマシンを使った打撃練習をしたりしていた。毎日毎日、修正の繰り返し。それが次の日、確実に効果として表れる保証はどこにもないが、私ができることは「よりよくなるため」の修正を積み重ねるだけだったのだ。

## 一流と二流との分かれ目

セカンドゴロで打ち取られた時、ただ単に「失敗した」とだけ感じるのか、それとも「なぜ失敗したのか」をつぶさに検証しようとするのかでは、その後の練習の取り組み方がまったく違ってくる。

「なぜヒットを打てたのか」「なぜ打ち取られたのか」といった結果に対する理由を、常に説明できるようにならなければ長く一軍でプレーすることはできない。

一流の選手は「原因はわかっているがなかなか修正できない」ということはあっても、「なぜ打撃不振なのか原因がわからない」という状態にはならない。だから、たとえスランプに陥ったとしてもやるべきことがわかっているから、立ち直るのも比較的早いのだ。

スランプには技術的な問題ばかりでなく、精神的、体力的なところから派生してくるものも存在する。プロ野球のシーズンは長い。１００戦を超える試合をこなす中で、当然のことながら選手たちは心技体すべての部分で疲弊していく。

調子を崩すと、どうしても技術的な部分に目が行ってしまいがちである。しかし私は現役時代、調子を崩していると感じた場合は、心技体すべてに目をやるようにしていた。技術の修正と同時に、打つだけでなく走るなど練習メニューを変えたり、「体を休める」ことも考えたりしながら、精神的にも気分転換を図るようにしていた。

スランプの原因が精神面にあるということは、実は少なくない。自信がなくなってくると人はどうしても不安を感じ、結果が欲しくて構えも小さくなりがちだから、その姿勢の悪さが打席での結果にも表れてくるのかもしれない。

私の場合、調子が悪くなるとボールをよく見ようとするあまりやや前かがみの体勢となり、構え方が小さくなる傾向があった。大きく構えた時と小さく構えた時では、バッターから見える景色がまったく違う。当然、大きく構えた時のほうがピッチャーのフォームも、投じられたボールの軌道も正しく見える。

また、自信がなくなると、慎重になるあまりタイミングを取る始動が遅くなる。そうなると間が取れないから、ボールの見極めも悪くなり、結果的に数字も悪くなってしまうのだ。

プロ野球選手がどれだけ練習しても、どれだけ研究熱心でも、どんな一流選手であっても、3割打つのが限界で4割には手が届かない。私が好成績を収めた年も、やはり波はあった。好不調の波をどれだけ小さくしていけるかが、一流と二流の分かれ目といえるのかもしれない。

## 人にものを伝える時の大切なポイント

現役時代、私は後輩に求められればアドバイスをすることはあったが、バッティングの指導をしたり、練習法を伝えたりすることはあまりなかった。そんな私がコーチとなって、初めて人に物事を伝える立場になった時、人に伝えることの難しさを痛感した。

もちろん今でも、人にものを伝えることの難しさを感じているし、コーチングという部分においても自分自身、まだまだ未熟な発展途上の人間だと理解している。でも、これはプロ野球の世界に限った話ではないだろう。少年野球から大学野球まで、あるいはどんなスポーツ、職業においても「人にものを伝える」ということは非常に難しいものである。

そんな難しいことをしてきた中で、私なりに気づいて心掛けていたことがいくつかある。

まずひとつ目は「うわべの結果だけで言わない」ということ。なぜその結果になったのか、そこには理由や原因が必ずある。選手がそれをわかっていなければ、しっかりと説明してあげるのが指導者の役割だと思う。

指導者は、対処法という引き出しをたくさん持つことも大切な要素である。たとえばバッティングの際、スタンスが広がりすぎてしまう傾向のある選手がいたとして「スタンスを狭くしろ」と言うだけではその選手に真意は伝わらないし、修正もできない。

このような場合なら、指導者は「なぜ、直す必要あるのか」、そして「なぜ、そうなってしまうのか」をしっかりと説明した後、「直す（治める）ためには、経験上どういう方法があるのか」をいくつか提示してあげたり、あるいは選手と一緒になって考えてあげたりすることが大切なのだと思う。

ふたつ目は「上からモノを言わない」ということである。上の立場にある人は、えてして部下などに威圧的、高圧的な態度を取りがちだが、指導者がそのような接し方をすれば選手は心を閉ざしてしまい、こちらの言うことを素直に聞いてくれなくなる。

また、選手の「できないこと」に対して「なんでそんなこともできないんだ」と小バカにしたような接し方をすれば、選手はその指導者を信用しなくなる。とくに、成績を残せていない選手に対してそのような接し方をするのは厳禁である。その選手は「できない」から「結果を残せていない」のだから。

指導者と選手との間に、信頼関係はなくてはならないものである。そんな信頼関係を築いていく上でも「上からモノを言う」ような態度は控えなければならないだろう。そうしないと「話を聞かない」のではなく「その人の話を聞かない」という状態になってしまうからだ。

私自身も、現役時代はできないことがたくさんあった。そこで悩み、苦しみ、ある時にはコーチに助言をいただくなどして、目の前に現れた壁に向き合ってきた。私は今でもそれをよく覚えているから、できない選手を見ても「そんなこともできないのか」とはまったく思わないし、まず真っ先に「この選手にはどのように伝えたらヒントになるか」を考える。

できないことをできるようにするためのヒントを与え、ともに取り組んでいく。それが指導者の役割なのだといつも肝に銘じている。

## 淡口憲治コーチから教わった「腕だけで打て」

私は現役時代、多くのコーチの方々にお世話になった。今でもご指導いただいたコーチのみなさんには感謝しかない。

そんな中でもジャイアンツに入団した当初、淡口憲治打撃コーチには、大きなきっかけをもらった。

今でもよく覚えているのは、淡口コーチから教わったバッティングの感覚である。淡口コーチは私のバッティングを見て「腕だけで打て」と言った。もっと具体的に言えば「下半身を固定して、腕だけで打て」という意味である。

それまで続けてきた野球人生の中で、私は「腕だけで打て」と誰かから教わったことは一度もなかった。半信半疑ながら淡口コーチの指導に従ってバッティング練習を続けていると、私のバッティングが徐々にいい方向へと変わっていくのを感じた。

その効果をもっとも感じたのは、インパクトが明らかに強くなったことである。きっと当時の私は「体をうまく回転させよう」と思うあまり、下半身から上半身へとパワーを伝える動きが連動していなかったのだと思う。

それを見た淡口コーチは「どうやったら清水に一番効果的に伝わるか」を考え、一般的なバッティング指導では絶対に使われないような「腕だけで打て」という表現を用いたのだろう。この淡口コーチの一言は、当時の私にとってまさに目からうろこのバッティング指導だった。

100人の選手がいれば、同じような症状であったとしてもそこには100通りの伝え方がある。そしてその伝え方に正解はない。指導者は常に「どう伝えるのが最善で、最適か」をその都度考えていく必要があるだろう。選択肢をいくつか提示し、解決法を選手自身に考えさせるのも指導者の役割だと思う。私はそれを淡口コーチから教わった。

また、同じくジャイアンツの内田順三打撃コーチは、選手とコミュニケーションを取るのがとても上手な指導者だった。

1947年生まれの内田コーチは現在70歳を超えており、当時も今も変わらず大先輩である。それなのに、内田コーチはレギュラークラスの実績ある選手とだけではなく、私のような若手にも分け隔てなく気さくに接してくれて、アドバイスも的確だった。さらに、コミュニケーションを取りながらのアドバイスなので、頭にも入りやすい。

野球以外にもいろんな情報に精通していて、若者の間で何が流行っているかなども知っていたから、内田コーチと話していて話題に事欠くことはなかった。コーチとしてだけでなく、人間としてもとても魅力があり、尊敬できる人だった。

内田コーチ、淡口コーチはじめ、たくさんの方々から私はいろんな影響を受けて、非常に多くのことを学ばせていただいた。この場を借りて、ご指導いただいた当時の指導陣のみなさまには御礼を申し上げたい。

## 一軍でフルシーズン戦い抜くことこそが何よりのトレーニング

どんなスポーツであっても、高いレベルで競い合うには心技体、三つの要素すべてが必要である。

現在、プロ野球では各チーム、1シーズンに143試合を戦う。長いシーズンを戦い抜くには、パワーやスピードだけでなく体力そのものも必要とされる。「ケガをしない」という体の強さ、疲れていてもパフォーマンスを発揮できる強さ、さらに自分自身に厳しい鍛錬を課せられる強さも、すべては体力あってのことである。心技体で言えば、これは「体」の部分にあたる。

心技体の「技」の部分で言えば、プロなのだから高い技術は当然必要だ。だが、心技体の中でも「心」を表すメンタル面および考え方が、もっとも重要なのではないかと私は考えている。

メンタルと考え方が未熟であれば、優れた体力、技術を持っていたとしても宝の持ち腐れに終わってしまう。体力、技術をより高めてくれるのはメンタルと考え方であり、プロのレベルではすべてにおいて「深く考える」ことが大切である。また、私はプロで14年間プレーして気がついたのだが、どんなトレーニングを重ねるよりも、「シーズンを通じて一軍の試合に出る」ということが己の心技体を高めてくれる。どんな練習、トレーニングをするよりも、一軍でフルシーズン戦い抜くことこそが自分を強くしてくれるのだ。

私は運よく、プロ入り1年目から一軍でプレーすることができたが、2〜3年目くらいまでは、キャンプでどんなに自分を鍛えてもシーズンが開幕してから2カ月くらいで、心も体もクタクタになっていた。しかしその後、フルシーズン戦う年数を重ねたことで、シーズン全体で大きな波もなく1年を乗り切れるようになっていった。

一軍のレギュラーメンバーはそのようにして、フルシーズン戦うことで心技体を高めている。ということは、フルシーズン出場することのできない控え選手や、二軍の選手たちがレギュラーメンバーを超えようと思ったら、相当な覚悟で普段から自分を追い込んで取り組まなければ、追いつくことすらできない。だから、控え選手がレギュラー選手を超えることはとても難しく、よほどの努力が必要とされるということなのだ。

# 大きく伸びていく可能性を秘めている選手とは？

プロで成功するためにはいろいろな能力が必要だが、コーチや先輩などからアドバイスを受けた際、その内容が1だとするならば、その1を自分の力で考えて工夫も加えて、3にも4にもできるような能力も大切である。

つまり、言われたことをただそのままやるのではなく、一旦やってみて、そこからプラスアルファを付け加えていったり、あるいは自分なりに変えてみたり。さらには、そこから自分のオリジナリティを生み出していけるような取り組み方ができる選手は、大きく伸びていく可能性を秘めていると思う。

また、自分を成長させるために目標を定め、そこに向かって道筋を描き、ゴールである目標から逆算してやるべきことを挙げていくという取り組み方は先ほどすでに説明したが、その道筋に関して、ここで少し補足をしておきたい。

たとえば、誰かから目標に向かうための道をひとつ提示されたとしよう。それが目上の人だったり、あるいは尊敬する人だったりした場合、どうしても言われたほうは「自分はその道を進まなければならないんだ」と思い込んでしまいがちである。

だが、勘違いしてはいけない。そのアドバイスが正しいのは間違いないのだが、自分に合っているかどうかはまた別物である。あくまでもヒントとして、まずは試してみることは大切だが、自分に合っていれば受け入れればいいし、合っていなければまた別の道を探していけばいいのだ。

目標へ向かう道は決してひとつではない。道は考えれば考えるほど増えていくし、経験を積めば積むほど、いろんな道が思いつくようにもなる。だから、他の誰かからひとつの道を提示されたとしても、それが自分にとって合っている道か、進むべき道かで判断すればいいと思う。

10という答えを導き出すための数式は、9＋1も10だし、5×2も10、110－100も10である。同じ答えだとしてもそれを導き出すための方法はそれこそ無限にあるのだ。誰かに教えてもらった数式をそのまま取り入れているだけでは、自分の可能性は決して広がっていかない。

自分なりに考えた道を進んでいる時に「ちょっと違うかな?」と思えば、そこからまた目標に向けて新たな道を模索していけばいい。

「あの人に言われたから、この道を進んできたんだけどダメだった」と結果が出なかった責任を他人に転嫁しているようでは、これもまた成長は望めない。責任を他人に押しつけるような逃げ道をつくる暇があるなら、自分が進もうとする新たな道をつくっていくべきである。

結局、自分を成長させてくれるのは自分自身なのだ。

# 第6章

# 侍ジャパンU-15監督を務めて見えたもの

## U－15の監督になって感じた日の丸の重み

２０１７年11月、愛媛県松山市で野球日本代表のU－15（15歳以下）が参加する大会「アジア・チャレンジマッチ２０１７」が開催されるにあたり、私は「その監督をしないか」というお話をいただいた。

U－15とはいえ、国を代表するチームでしかもその監督である。日の丸の重みを感じ、私はすぐに答えを出すことはできなかった。いろんな方に相談しつつ、しばらくの間悩んだものの、必要としてくださる方がいる幸せや、きっとこれも私の人生にとっていい経験になると思い、お受けすることにした。

一旦引き受けたからには「監督は未経験だったので」などという言い訳はできない。日の丸を背負い、監督として戦うという重責を感じ、本当に身の引き締まる思いだった。

とはいえ、大会に臨むにあたり、準備期間が2日間しかないことがわかり、限られた時間を有効に使うため、私は現役時代に一緒にプレーしたジャイアンツのチームメイトを臨時コーチとして招き、中学生である日本代表選手たちの指導をしてもらうことにした。

私は投手コーチを高橋尚成氏、野手の守備・走塁コーチを古城茂幸氏、捕手の指導を加藤健氏にお願いし、各選手の能力の見極めや、起用法などに関する助言をもらった。

選手たちは全国のシニアやボーイズから選出されているため、現場からの助言もいただかなければならないことから、実際にシニアやボーイズで監督、コーチを務める方々にもフォローしていただき、練習メニューの作成や試合で使うサインプレーなどを教えていただいた。そうやって、できる限り選手たちがやりやすい環境をつくることにベストを尽くした。

初めて選手たちと会い、ミーティングをした時に、私はチームのテーマとして「〝日本代表〟を意識して行動すること。勝つために個々で何ができるかを考えて戦うこと」を伝えた。

選ばれた選手たちは当然のことながら、みんなレベルはとても高かった。正直に言えば、私が中学生の頃よりも、圧倒的にレベルが高いと感じた。当時は140キロ前後を投げるようなピッチャーはいなかったし、バッターの放つ打球の飛距離も目を見張るものがあった。走攻守、すべての面において現代の中学生のほうが昔よりはるかにレベルは上だった。

わずか2日間の練習だったが、選手たちは私が伝えた「勝つために何ができるのかを考える」ことを少しずつ取り入れ、成長してくれた。チームとして団結していくその姿は、とても頼もしいものだった。

## ワールドカップで目の当たりにした世界の壁

日本、チャイニーズ・タイペイ、オーストラリア、松山市代表の4チームが参加して行われた「アジア・チャレンジマッチ2017」で、準備時間が短かったものの私たち日本代表は一致団結したチーム力で、優勝することができた。

そしてその翌年、2018年の8月にパナマで開かれた「第4回WBSC U-15W杯」の監督も引き続き私が務めることとなり、アジア大会に続き高橋尚成氏に再びコーチ就任をお願いし、U-15のワールドカップに臨むことになった。

このワールドカップには、パナマ、アメリカ、チャイニーズ・タイペイ、ブラジル、ドイツ、中国、キューバ、オーストラリア、オランダ、ドミニカ共和国、南アフリカ、そして日本の計12チームが参加。ここで私たち日本は「上には上がいる」ことを痛感する。

ワールドカップに臨むにあたっての準備期間もそれほどなかったため、私は選手の技術を向上させるというよりも、チームプレーの徹底と選手がいつも通りのプレーができるような精神状態を保つ環境づくり、それだけに気を配っていた。

選手たちは日本代表とはいえ、まだ中学生である。切り替えのうまくできる選手もいれば、できない選手もいる。試合中にミスをした時の表情や態度などを見れば、「体は大きくても、まだまだ中学生だな」と感じる選手もたくさんいた。

私たち日本はグループBで2位となり、6チーム総当たり戦となるスーパーラウンドに進出。そこでアメリカやパナマといった、世界の強豪の強さを思い知らされることとなった。

結果として、日本は4位で大会を終えた（1位アメリカ、2位パナマ、3位チャイニーズ・タイペイ）。アメリカチームは平均身長が183～4センチあり、体格もがっちりしている。ピッチャーは軽々と140キロを超える球を投げ（しかも動くボール）、バッターの飛距離も衝撃的だった。当たり前のことだが体格に劣る日本が、真正面から世界の強豪と勝負するのは難しいとつくづく感じた。

また、驚きだったのは、そんなパワーに勝るアメリカの野球が、日本の得意とするいわゆる「スモールベースボール」を取り入れていたことだった。

アメリカの野球は、パワーだけで押し切るような大雑把な野球では決してなかった。ゲーム中はサインプレーなどをはじめとして、とても組織的に動き、ピッチャーのクイックモーション、攻撃でのバントなど細かい野球を仕掛けてきた。

ドミニカは選手個々のポテンシャルは高いものの、パワー頼みの大雑把な野球をしていたが、アメリカはまったく違った。パワーに勝るアメリカに緻密な野球をされたら、今まで以上に手強い存在となる。日本もこれから先、U－15だけではなく、年代別に分けられたそれぞれの代表チームは対応を考えていかなければならないと思う。

## 世界と戦っていくためには

U－15のワールドカップが終わり、私は日本代表の監督を退くことにした。選手たちはきっと、もっと勝てると思っていたはずだ。それを勝たせてあげられなかったのは、ひとえに監督である私の責任である。

しかし、U－15に参加した選手たちは、アメリカをはじめとする世界の強豪と対戦したことで、世界のレベル、そのすごさ、そして日本の今の立ち位置を感じることができただろう。

今回のワールドカップで日本は4位という結果に終わったが、「世界は強かった」というだけで終わらせてしまってはいけないと思う。

出た結果に対して、それが納得できないものであれば、悔しさを感じなければならない。結果がよくなかったのはなぜなのかを考え、次につなげていくことこそが重要だ。悔しさは成長の糧である。2018年のU-15代表の選手たちには悔しさを大いに感じてもらい、今後の飛躍のバネにしてほしいと思う。

さて、大会前に日本代表を組むにあたり、私はバランスを一番大切に考えていた。一芸に秀でているスペシャリストというよりも、総合力のある選手をメンバーに選んだ。バランスのいい選手を揃え、バランスのいいチームにまとめたかったからだ。

短期的な大会では、選手みんなの体調や調子がその時期に万全とは限らない。もし調子の悪い選手がいたら、そこでその穴をすぐに埋められる選手にいてほしい。そんな理由もあって、バランスの取れたチームづくりを目指したのだ。

バッターに関しては、相手の特徴がわかりづらい国際大会だということを考慮し、器用にいろいろこなせる選手、幅広く対応のできる選手がほしかった。たとえば、当たれば飛ぶがタイミングを外されたら対応できないというバッターより、タイミングを外されても対応できる、あるいは見逃せるという技術のある選手がいなければ、初対戦のピッチャーばかりの、ましてや世界大会で勝ち抜くことはできないと考えたからである。

バットを振る力、遠くに飛ばせる力は魅力だが「当たればホームラン、当たらなければ三振」では、とくに短期決戦の国際大会では厳しい。対応力の高い選手（その上でパワーがあればなおよし）がチームには必要なのだ。

私の考えでは、4番にもバントはしてもらう。一発勝負の大会では、とくに「ここで1点が欲しい」という時にバント策も必要である。また、レベルが上がれば上がるほど接戦になる。ましてや日本はパワーに劣るからバント、進塁打、犠打、そういった細かいプレーを駆使して組織的に戦わなければ勝ち上がれない。個々のパワーでは勝てなくとも、チームとして組織的に機能することでその力を

2倍にも3倍にもできるし、強敵を倒すことも可能となるのではないだろうか。

## これからの日本野球に必要なもの

U－15のワールドカップでは、アメリカやパナマ、ドミニカ、キューバといった強豪国と対戦して、改めて日本人と外国人選手のパワーの違いを痛感した。DNAが違うと言ってしまえばそれまでだが、結局のところ肉体的なパワーだけで欧米の選手たちを追い越そうとするのは困難である。もちろん、彼らに追いつこうとすること、少しでも差を詰めようとすることは大切だが、フィジカルな部分だけで彼らに勝負を挑むのには限界がある。

日本の強みは、プレーの正確さにある。つまり、一つひとつのプレーの精度で勝負をしていく。海外の選手のプレーは、日本に比べればだいぶ大雑把だ。みなさんご存じのように、野球はミスをしたほうが負ける確率の上がるスポーツである。だからいかにミスを少なくし、勝ちをたぐり寄せるか。日本の勝機はそこにあると思う。

また、それ以外にも、瞬発力（スピード）、小技や自己犠牲のプレー（犠打、進塁打）、カバーリングなど、日本が得意とする分野はいくつもある。その日本の武器ともいえる特徴をさらに伸ばし、磨きをかけていくことが大切なのではないかと私は感じた。

先ほども少し触れたが、アメリカは日本のような細かい野球をするチームに進化を遂げていた。さらに、アメリカチームを見ていて気づいたのは、日本チームのような「和」があったことである。私の勝手な印象として、以前は自己主張が強く、「俺が、俺が」というのがアメリカのイメージだったのだが、プレーの質だけでなく、チームの組織力も大きな変貌を遂げていたように思えた。

アメリカは野球発祥の地であるだけに、野球文化度がとても高い。ＷＢＣなどを経験することで、アメリカの野球も徐々に変わってきているように思う。少なくとも私はアメリカが、勝つためにチームとして「変わろう」としているような印象を受けた。

## どうやって子供たちを指導していくべきか

U－15代表の中学生選手たちと触れ合って、私なりにいろいろと感じることがあった。日本代表に選出されるだけあって、どの選手たちも体力、技術はとても優れていた。あとは野球に対する考え方を高めていけば、彼らのレベルはもっともっと上がっていくと思う。

そのためには、指導する側が成功をほめて自信をつけさせることも大切だが、それだけではなく失敗にも目を向けて、子供たちを育成していくことが大切なのではないだろうか。

何も考えずにした失敗と、いろいろと考えた末での失敗は、結果は同じでも中身がまったく違う。

たとえば、盗塁をしてアウトになったとしよう。アグレッシブに行くことは大切だが、思い切って勇気を持ってスタートを切り、「成功できる」と思って盗塁失敗したのと、ただ何となくスタートを切ってアウトになったのとでは意味合いが異なる。その中身次第で、指導者のアドバイスも変わってくるだろう。

指導者は、たとえ同じ失敗であってもそこに選手の意図があったのかどうかを確かめ、意図がなかったのだとしたら、そこで「考える野球」をひとつずつ伝えていってあげればいいと思う。

バッティングでも同じことが言える。いろいろ考えた上でバッターボックスに立っているのならいいが、ただ漠然と打席に立ち、しかもそれで結果が出ていないというのが一番の問題だ。

そうならないための指導を繰り返しながら、何も考えずに起こしてしまうミスを減らしていくようにすればいい。

「積極的なプレー」とはよく聞く言葉だが、それと「何も考えずにただ突っ込みました」というプレーはまったく別物だ。どんなプレーにおいても、そこには

「なぜそうしたのか」という何かしらの根拠、理由がなければならない。

繰り返しになるが、選手がどんな考えを持ってプレーしたのか、指導者はその都度確認することが大切だと私は思う。ミスをしたからといって頭ごなしに怒鳴ったり、あるいは偶然よい結果が出たからといって手放しで褒めたりするだけではダメなのだ。

大切なのは、そこに選手の考えが存在したのかどうか。そうやって考える野球を普及させていくことが次につながり、これからの日本の野球の強さを育んでいくのではないかと思う。

## 自分を変えることができるのは、自分自身のみ

監督やコーチが選手を指導し、選手に「変わるきっかけ」を与えることはできても、それだけで選手を本当に変えることができるわけではない。

自分を変えることができるのは、自分自身のみである。選手自身が考えてプレーを行い、練習でもレベルの高いことにチャレンジを続けることが重要だ。レベルの高いことに挑戦すれば、失敗をすることもあるだろう。しかし、人は失敗することで何かを感じ、そこからさらにレベルアップしていかなければならないことに気づく。そして、どこに向かって進んでいくべきか、そのためには何をするべきかを考えるようになる。

選手がそうやって成長していくために私たち指導者ができるのは、その「変わるきっかけ」となるヒントを与えることだけである。

選手にとって上のレベルを目指す際に必要なものは、本書で繰り返し述べているように、何事においても考えて行動することだ。もちろん、一生懸命取り組むことは当然である。壁にぶち当たるまでとことんやり、壁に直面したら今度はその壁を越えるために必要なことを考えて行動していく。

私が子供の頃は、厳しいことを耐えた先に成功（勝利）があると考えられていたが、今は楽しむこと（楽しく練習する、楽しくプレーする）にも重点が置かれている。私はその考え方を否定はしないが、あるレベル以上を目指そうとした場合は、楽しいだけでうまくなっていくことはあまりないように感じる（よほど突出した能力を持っている人なら別だが）。

私もそうだったが、普通のレベルにある人が自分を高めようと思ったら、楽しいだけではなく、厳しさ、苦しさを味わった先に成長があるのだと思う。レベルが高くなればなるほど、「楽しい」だけでは真の勝負はできなくなる。

第1章でもお話ししたが、私の場合は究極の負けず嫌いだったため、悔しさが成長の原動力となった。野球は辞めようと思えばいつでも辞められたが、続けたのは負けず嫌いだったからである。そう考えると、「負けず嫌い」も人を成長させる上でのキーワードになっていくような気がする。

## やらされる練習ではなく、自分でやる練習が実力を伸ばす

野球をやっている人たちは「野球がもっとうまくなりたい」と思ってプレーしたり、トレーニングしたりしているケースが多いだろう。でも、野球は一朝一夕にうまくなれるようなものではない。上達するためにはコツコツと、毎日「練習」を続けられるかどうかにかかっている。

ここで言う「練習」とは、チームでやる練習以外の、「自分だけの練習」のことを意味している。その練習の時間を一日のうちにどれだけつくれるか。24時間のうち、空いている時間はきっとあるはずだ。その空いた時間を、自分の技術を向上させるためにどれだけ有効に使えるか。空いた時間に何をするべきかを自分で考える。上達のカギはそこにあると思う。

プロ野球選手でも、長い期間一軍で活躍している選手は、自分の練習時間をしっかりつくり、その時の自分に一番必要な練習（打撃、守備、体力トレ、体のケアなど）を行っている。これはすべての一流選手に共通していることである。

と、ここまで偉そうに言ってきたが、「自分の練習の大切さ」に私が本当に気づいたのはプロになってからだ。もっと早く「自分の練習の大切さ」に気づき、それを実践していれば、いろんなことがさらに上達できたのではないかと思う時もある。

だから本書を読んでいる野球少年たちには、一日に30分でもいいから、自分の練習時間をつくるようにしてみてほしい。そうすれば、少しずつだが確実に上達していくはずだし、自分の未来もよりよいものへと変えていけるはずである。

やらされる練習ではなく、自分からやる練習をいかに多くしていくか。自分をレベルアップさせていく上で、それが最大のテーマだといえよう。

練習をしない選手は、たとえ能力が優れていても、あるいはセンス抜群でも、上のレベルには行けない。指導者の言うことを聞こうとせず、勝手し放題のような選手も絶対に伸びない。

学生時代、私のまわりにもそういった選手はいた。私から見ても「こいつの能力はすごい。勝てない」と思えた選手でも、練習をしなかったり、指導者の言うことを聞こうとしなかったりで、いつしか野球から離れていってしまった。「実力があるのにもったいないな」と思った選手はひとりやふたりではない。

練習したからといって、必ずいい結果が出るとは限らない。だが、間違いなく言えるのは、練習しなければ決してうまくはならないし、いい結果も出ないということだ。

プロの世界でも、結果を出している人はみんな驚くほど練習している。仮に練習せずに活躍している選手がいたとしても、それは長続きしない。長く活躍する選手は私の知っている限り、間違いなくきちんと練習している。

ジャイアンツで同僚だった高橋由伸選手は、現役時代の晩年は故障などもあって思うようなプレーができなかったことだろう。しかし彼は試合前、かなり早くに球場入りし、トレーニングをし、バッティングをし、ランニングをしていた。彼を天才と呼ぶ人は多いが、私は彼こそ努力の人だったと思う。

## プロを目指す子供たちに言いたいこと

小・中学生の頃、私は「プロになりたい」という強い気持ちはほとんどなく、「なれたらいいな」程度の思いしかなかった。また「プロになれる」とは、大学時代にドラフトで指名されるまで、一度も思ったことはなかった。

振り返れば、小学生の頃から練習（自主トレ）はよくやっていたように思う。チームからランニングや素振りなど「これだけはやりなさい」と言われていたメニューがあったし、私には同じチームでプレーしていた兄がいたので、さぼるわけにもいかなかった。

自主トレで主にやっていた（やらされていた）のは、ランニングと素振りである。もちろん、一緒にやっている兄のほうが私より一生懸命やっていた。夕飯前などに家の前で兄と一緒に素振りをしていたのをよく覚えている。

最初にも少し触れたが、この頃は友達と遊びでやる野球は楽しかったが、チームでやる野球は練習も厳しく、まったく楽しいとは感じなかった。

それまでは「やらされている」という感覚で練習も試合もしていたが、中学生くらいになってからようやく考えてプレーするようになった。考えていたのは、とくにバッティングである。どう構えるのがいいのか、どうスイングするのがいいのか。それを突き詰めて考えるようになった。

家での素振りでは、外灯の明かりに照らされた自分の影を見て、構えやスイングをチェックした。また、テレビのプロ野球中継を見て、プロ野球選手のバッティングフォームを見て学びもした。よく打つ選手、構えのかっこいい選手、あるいはタイミングを取る足の上げ方のかっこいい選手がいれば、テレビを見ながら真似をした。

私が子供の頃は、左バッターの篠塚和典さんや吉村禎章さん（現ジャイアンツ打撃総合コーチ）の打ち方が好きだった。一流選手の動きを真似することで（もちろん丸っきり同じスイングになることはないのだが）、そこからバッティングのヒントをもらうことができた。

プロを目指す子供たちに言いたいのは「どんどん高いレベルを感じてほしい」ということである。子供の頃はレベルの高いものを見たり、感じたりすることがとても重要だ。想像の世界ではなく、実際に体験することが何よりも大切で、それによって自分の目標設定のレベルも上がっていくのだ。

自分は何をしていけば中学、高校でレベルアップしていけるのか、という具体的なイメージをしっかりと持つことが肝心だと思う。レベルの高いところで野球をすれば、楽しいだけではなく苦しいことも多いが、やればやった分だけ自分の心技体が磨かれていく。それだけは間違いないと断言できる。

## 野球少年のみなさんへ
## ——成長するために必要なこと

小学生、中学生、高校生といろんなレベルの野球があるが、どのレベルにおいても、真剣に野球に取り組んでいればいるほど、壁にぶち当たることがあると思う。そして、その壁を越えることで実力は上がっていき、そういった成功体験の積み重ねが次のステップへとつながっていく。

レベルが上がれば上がるほど、楽しいだけの野球ではなくなり、壁に直面することも多くなるだろう。でも、そこで目の前に現れた壁から逃げないでほしい。壁は、あなたを成長させてくれるかけがえのないものなのだ。

自分に何が足りていないのか。それはよく考えればわかるはずだし、その対処法も必ず見つかる。自分には無理だと背を向けず、出てきた問題、課題に対して逃げずに正面からぶち当たっていこう。

答えの出し方はひとつではない。それは無限に存在する。その中から、自分に合った最善のものを選んでいく感覚を身に付けることが大切だと思う。「最善の道を選択する」のも大きな能力のひとつだといっていい。

考えて野球をしていくことで、あなたの中に「どうやって壁を越えていくか」「どうやって困難を克服するか」といった、問題の答えが入った引き出しがどんどんと増えていく。そして不思議なことに、その引き出しは野球以外のことにも生かせるようになる。人生を歩んでいく上でも、引き出しの中の答えはしっかり通用するのである。

また、先ほども述べたが、監督やコーチ、親や先輩といった周囲の人が言ってくれることに対して、聞く耳を持つようにしよう。一番よくないのは、他の人の意見を聞かずにシャットアウトしてしまうことだ。一度聞いてみて、そしてそれが自分に合うか、合わないかを試してから判断すればいい。

「人の意見を聞かない」ということは、「自分は成長しなくていい」と言っているのと同じなんだと理解してほしい。

たまに、指導してくれる人によって言うことが違うこともあるかもしれない。でも、それらはすべて、あなたをよくしようと思って言ってくれている意見なのだから、一度は聞く耳を持つようにしてほしい。取捨選択はその後にすればいいのだから。

特別章

# 清水流バッティング理論

ここまで本書では、プロで成功するための私なりの考えを述べてきたが、最後に特別章として、私がプロで学んだバッティングに関して具体的にご説明していきたいと思う。

ここでご紹介するバッティング理論は、私がプロで14年間プレーする中で自分なりに築き上げてきたものである。私の理論はすべての人に当てはまるものではないだろうし、そもそもバッティングとは「打てれば正解」とも言えるのだが、技術向上のためのヒントになるかもしれないのでご一読いただければと思う。

長嶋監督のジャイアンツ監督最終年となった2001年に、規定打席には足りなかったものの私は3割2分4厘を記録し、原監督1年目となった2002年には191安打を打つことができた。

この頃、私は自分のバッティングフォームを根本から見直し、大胆な修正を行った。一番の修正点を具体的に言うと、それはトップの形である。

それまでの私は構えた形から手の位置が動かず**（写真①）**、そのままバットを振り降ろすような傾向があったのだが、ここに修正を加え、手をキャッチャー方向（真後ろ）に持っていくイメージ（**写真②**）に変えた。

このような変化はプロ野球選手であれば珍しいことではなく、毎シーズンごとに修正、変化している選手も多い。

それぞれの選手には理想があり、それぞれがその理想を追い求めて毎年変化を続けている。バッティングに「これが正解」というものはない。それぞれの選手が、それぞれの「正解」を求めて試行錯誤を繰り返すしか道はないのである。

だから私もよく「理想の打ち方とは？」とか「正しいバッティングとは？」と聞かれることがあるが、「理想」も「正解」も人それぞれなのでいつも答えに窮してしまう。極端な話、高確率で打てるのであれば、それは「正解」なのである。

だが、バッティングにおいて「トップの形」や「センター返しの意識」など、打つ確率を上げるために必要なポイントはいくつかある。

本章ではそんな「バッティングのポイント」を、私なりにいくつかご紹介していきたい。

①

②

## トップの形（割り）が基本

バッターボックスに入ってピッチャーと対峙した時の「構え方」は好きな形でいいと思う。大切なのは「トップの形」である。

ピッチャーの投げたボールを確率よく打つには、バッターはインパクトを点ではなく、線で捉えるようにしなければならない。そのために必要になってくるのがよく言われるレベルスイング。だからトップの位置は、レベルスイングに持っていきやすいような位置にするのがベストであり、そのためにはグリップを「弓を引くように」後ろのほうに持っていくのがいい（次ページ写真①）。

グリップを後ろではなく上方向に上げすぎてしまうとトップの位置が高くなり、ダウンスイングの軌道になる。それではボールを点でしか捉えられなくなってしまうので注意が必要だ。

トップの位置に入った時、重心は軸足に残ったままで踏み込む足だけピッチャー方向に出る。この状態を「割り」といい、しっかりと「割り」ができる（軸足に体重が残っている）状態をつくることでインパクトのポイントまでに距離が生まれ、きちんとボールを見極められるようになるだけでなく、より強い打球も打てるようになる。

しっかりと「割り」をつくるには、軸足の「足の甲」の上に「膝」が残っているような感覚を持つといい（**写真②**）。U－15の監督をし

ている時、中学生たちのバッティングを見ていて気がついたのは、軸足に体重が残らず、重心がピッチャー方向にずれてしまっている（**写真③**）選手が多かったことである。

この状態では力も伝わりづらいし、ボールの見極めがしっかりできず、変化球への対応も難しくなってしまう（**写真④**）。ただ、この時に「軸足に重心を残そう」とする意識が強すぎると強いスイングができなくなる。あくまでも「打ちにいく」という気持ちで投手に

④
悪い例

⑤

対して足を踏み込みつつ、膝は足の甲の上に置くようにすることがポイントだ（**写真⑤**）。

また、足の甲の上に膝があるようにするため、私はバッティングの際、「スクワット」をイメージして軸足に重心を置いていた（**写真⑥**）。もし、「足の甲の上に膝」の位置取りがわかりづらい人がいれば、そのようなイメージを持つようにするのもひとつの方法だと思う。

## バットを内側から出すことがもっとも重要

スイングの中で私が一番重要だと考えていたのは、「バットを内側から出す」ということである。

バットを内側から出すには、後ろ手の肘をヘソ方向に近づける（**写真①**）のがベストであり、肘がヘソ方向に入ってこない（**写真②**）と体の近くからバットが出てこなくなる。

バッティングの際、できるだけ体が開くことなくインパクトの瞬間を迎えるのが理想のスイングだが、そのようにしようと思ったら後ろ手の肘がヘソのあたりに入ってこなければならない（**写真③**）。なぜかといえば、肘がヘソの近くまで入ってこないスイングでは、体を開かないとバットがインパクトゾーンまで出てこないからだ（**写真④**）。

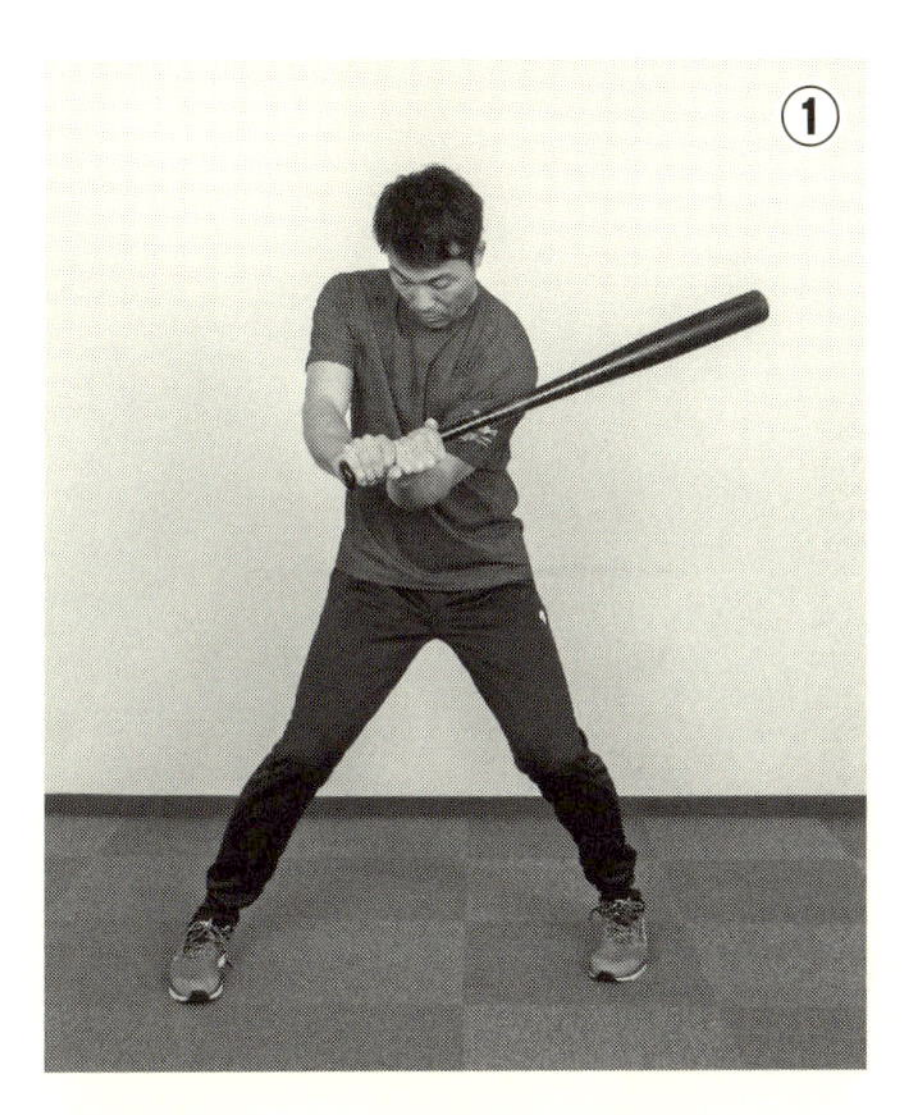
①

②
×
悪い例

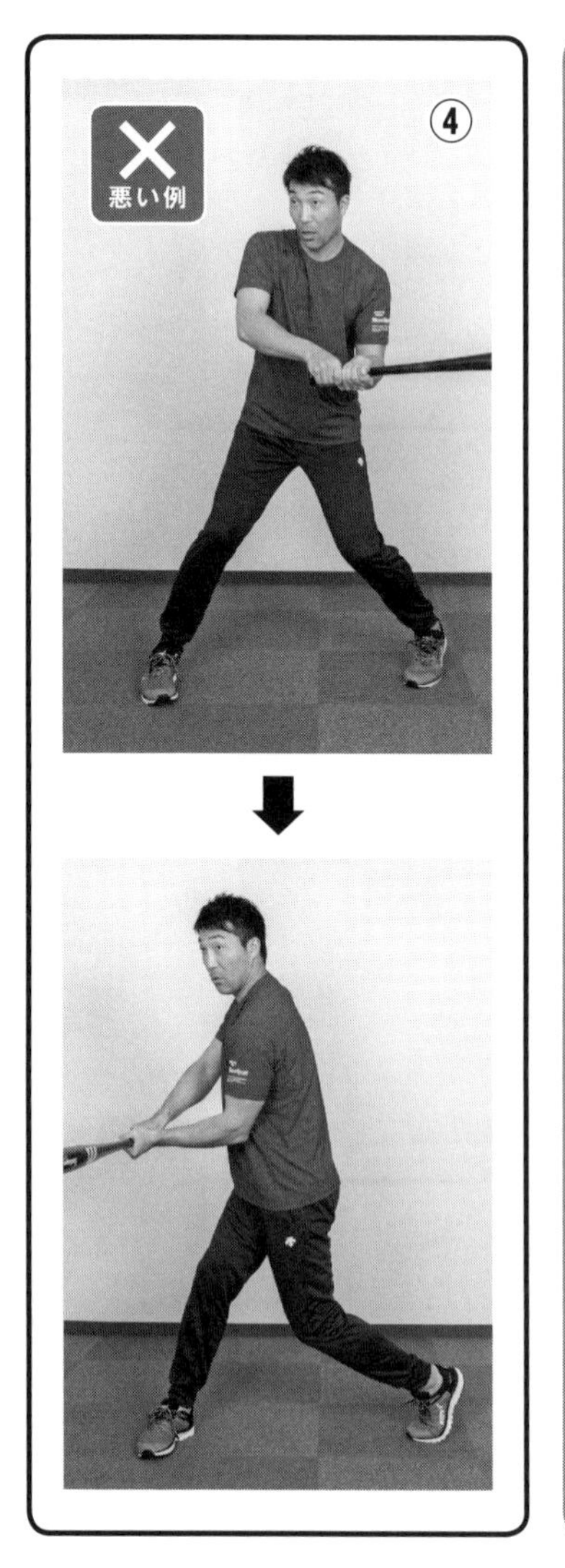
④
悪い例

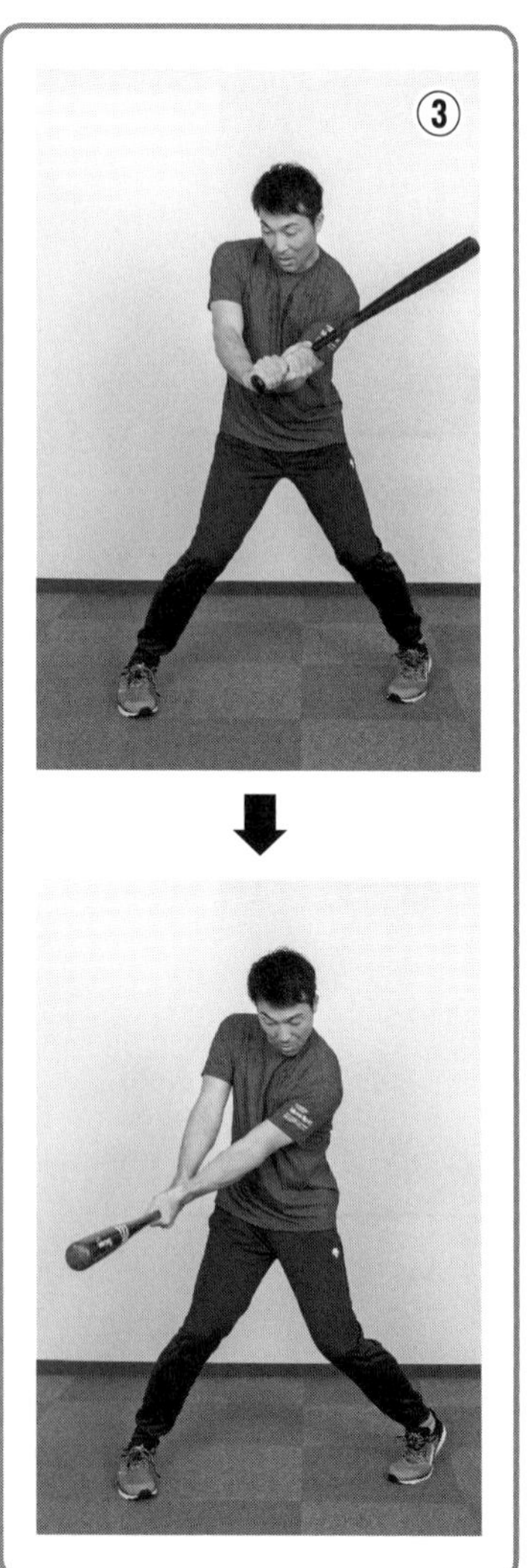
③

肘をヘソに近づける時、気を付けなければならないのは「ピッチャー側の腰（右打者なら左腰、左打者なら右腰）が開いたり流れたりしないようにすることである（写真⑤）。せっかく肘をヘソに近づけているのに、腰が開いたり流れたりすると（写真⑥）、当然のことながらインパクトまでの間に上半身も開くことになり、結果的に体の開いたバッティングになってしまう。ピッチャー側の腰にはしっかりと壁をつくることで、バットのヘッドがより走るようになり、スイングスピードも速くなるのである。

また、変化球などでタイミングを外された時、壁をつくれていなければ体が前に泳いでしまい、体勢を崩されてしまう（写真⑦）。しかし、壁をつくることによって、崩されそうになってもボールを拾える可能性が高まる（写真⑧）だけでなく、詰まりそうなポイントでボールを捉えても逆方向に打ち返せたりする可能性も出てくる（写真⑨）。壁がつくれていれば、バッティングを崩された時の対応の幅をより一層広げることができるのだ。

⑤

⑥
悪い例

悪い例
⑦

⑧

⑨

## バットの後ろからボールを見る感覚でインパクトを迎える

現役の頃、コーチから「バントをする時はバットの後ろからボールを見るようにしなさい」と教わった（写真①）。たしかに、バントのうまくない人はバットの上からボールを見るような感じでやっている人が多い（写真②）。

実は、この「バットの後ろからボールを見るようにバントする」という形が、バッティングの際のインパクトでも非常に重要なのである。後ろから見ているということはしっかりと軸足に重心が残っている（タメができている）状態であり（写真③）、トップからミートポイントの間にしっかりと距離が取れるため、強い打球が打てるようになるのだ。

①

②
悪い例

③

## ヘッドを遠くへ放り出すイメージで振る

私が現役時代にバットの軌道で基本としていたのは、最初は体の近くを通してから、ヘッドを遠くへ放り出すイメージである。

ヘッドを遠くへ放り出すイメージで振ると、ヘッドが走り、スイングスピードが増す（写真①）。しかし、ヘッドが体から離れない軌道のスイングだと、後ろの肩もバットと一緒に出てくるような形となりヘッドは走らず、スイングスピードも速くはならない（写真②）。

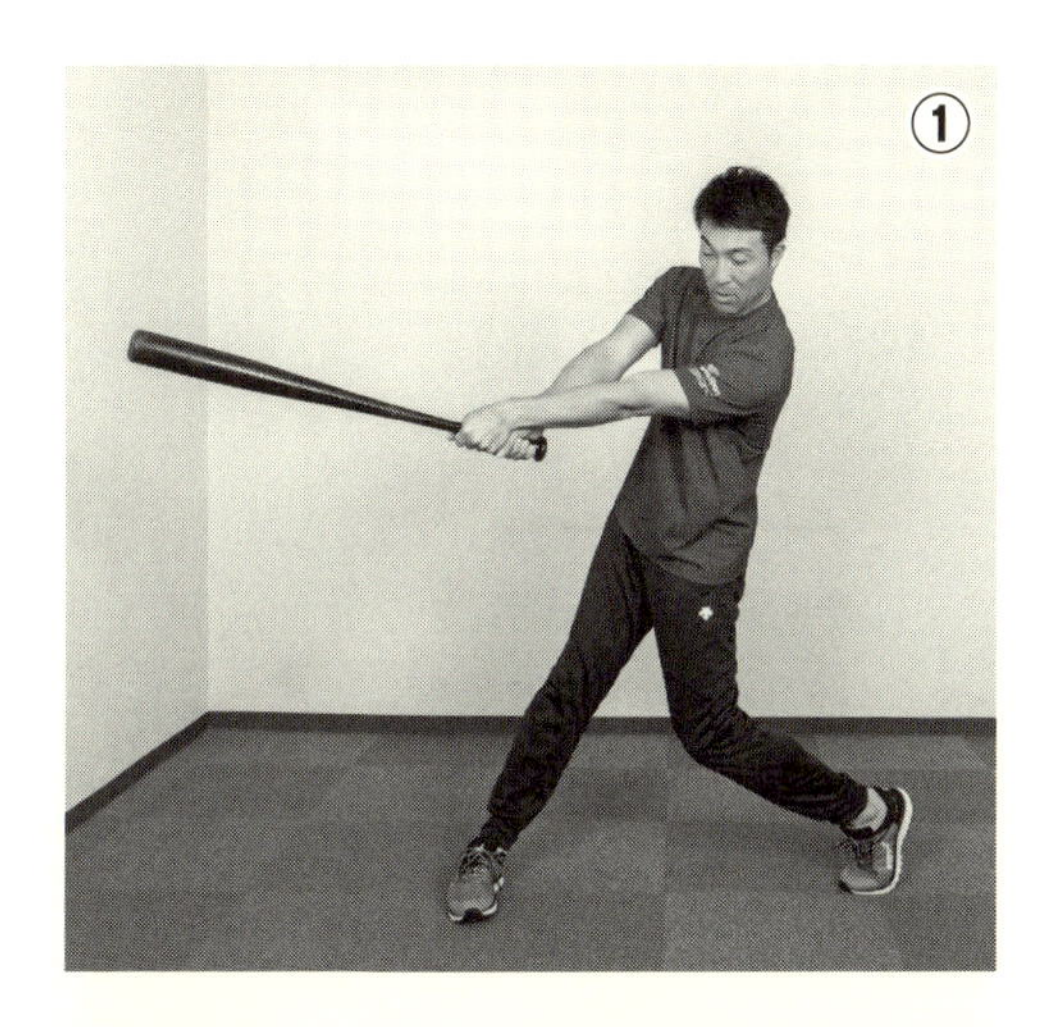
①

②
悪い例

## ヘッドを走らせるための練習法

バットを強く、速く振ることができるようになるためには、何よりも「素振り」を繰り返すことが重要である。素振りをする時、体を鋭く回転させることはもちろん大切だが、ただ「回れ回れ」だけではバットは鋭く振れない。「体を振る」ことと、「バットを振る」ことは違うのだ。

私はヘッドを走らせるイメージを身に付けるために、両足をベタっと地面につけた状態（ベタ足）で下半身が動かないようにし（写真①）、その状態で上半身と下半身を逆運動させてティーバッティングを行ったりしていた。

こうすると下半身が動かない分、それがインパクトの瞬

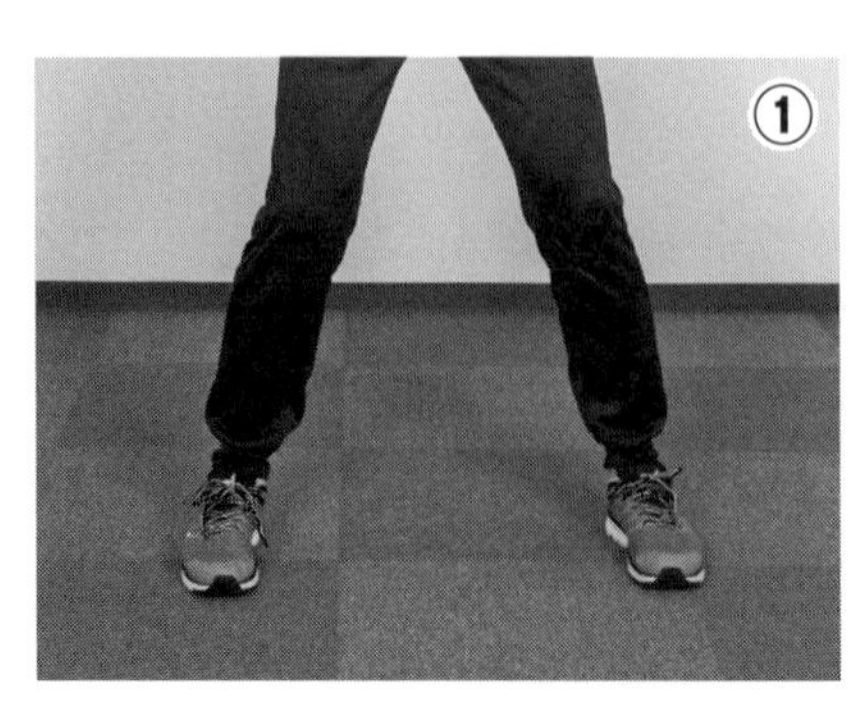

間の壁となり、バットのヘッドが自然に走る（**写真②**）。スイングを鋭くするには、力任せにバットを振るのではなく、何よりも「ヘッドを走らせる」ことが大切で、その感覚を身に付けるにはこの練習がうってつけなのである。

これは椅子に座って打ってみてもいいと思う。ポイントは上半身と下半身を逆運動させて打つことだ。

## スイングスピードを上げるための素振り練習

スイングスピードを上げるためには、スイングをたくさん繰り返すこと、そして筋力を付けることも重要だが、ただがむしゃらに素振りをするだけではスイングスピードは効率よく上がらない。

では効率よくスイングスピードを上げていくにはどうしたらよいのか？

そのためには体を振るのではなく、バットのヘッドを加速させるようなスイングを覚える必要がある。

その感覚を養うためにおすすめしたいのが、先ほども少し触れた椅子を使う素振り練習である。

椅子に座って強くスイングをしようとすると前足（右打者の左足、左打者の右足）が自然と内側に寄る（**写真①**）。これは前項で述べた「壁をつくってスイングスピードを上げる」ということにもつながるのだが、椅子に座ることで前足の重要性にも気づくことができるのだ。

## 速いだけでなく「正しく振る」には？

速く正しく振る。そのために私が日頃意識していたのは、構えからインパクトの瞬間まで「1から10」を正しくカウントして振るということである。

みなさんもゆっくりでいいので構えからインパクトまで、「1、2、3……」と10数えながらスイングしてみてほしい。最初はゆっくりと「1から10まで」を体に覚え込ませる。そして、慣れてきたらこの動きをイメージしながら、カウントのリズムを速くしていく。

この時、リズムが速くなったからといって1からいきなり4になってしまったり、あるいは4から6に飛んでしまったりするようでは、「速く正しく」振っている状態とは言いがたい。速く振ろうとするあまり、途中を省いてしまっては意味がないのだ。

カウントが遅い時も速い時も体の動きは一緒。それを実現することで速く正しく振ることができるようになるのである。

球の速いピッチャーと対戦すると、バッターはどうしても途中を省いてしまいがちになるが、間に合わないのであればその分こちらが早く動き出せばいい。球の速いピッチャーにはこのようにスイングの速さだけでなく、タイミングを取る始動を早くするよう意識することが重要だ。

ちなみにこの「ゆっくりスイング」を体で覚え込ませるには、バットよりも長い棒などを振るとわかりやすい。練習用の長尺バットやノックバット、あるいはそれよりも長いトンボなどでもいいだろう。

## ドアスイングを直すには「綱引き」の要領で

腕に力のない小学生くらいの選手だと、スイングした時にどうしてもドアスイングになりがちである。そんな小学生に対して、ドアスイングを直そうと「グリップエンドからバットを出せ」と言っても、なかなかその意味をわかってもらえないのではないだろうか。

そんな時、私なら「バットを引っ張り込んでくるようにスイングしてみたら？」と伝える（写真①）。

綱引きをする時、強く引っ張ろうと思ったら肘は伸びた状態（写真②）ではなく、曲がった状態になる。この肘の曲がった状態こそ、トップからスイングに移る際にも必要な動きなのだ。

綱引きの要領で、バットを引っ張り込むように振れば、肘は曲がった状態（腕

①

②
悪い例

が畳まれた状態）で自然とヘソの方向に入っていき、グリップエンドからバットが出てくるようにもなる。実際に大人が後ろからバットを引っ張ってあげ、「1、2、3」などのタイミングに合わせてバットを振らせてあげれば子供もわかりやすいし、やりやすいと思う（**写真③**）。

「運動会の綱引きのようにバットを引っ張り込んでごらん」と言えば、子供は腕を畳んだ状態で肘はヘソに向かい、バットを引っ張ろうとする。この練習方法なら、ドアスイングの子供に「ヘソの方向に引っ張り込む」感覚も覚えてもらうことができる。まさに一石二鳥の練習方法だといえるだろう。

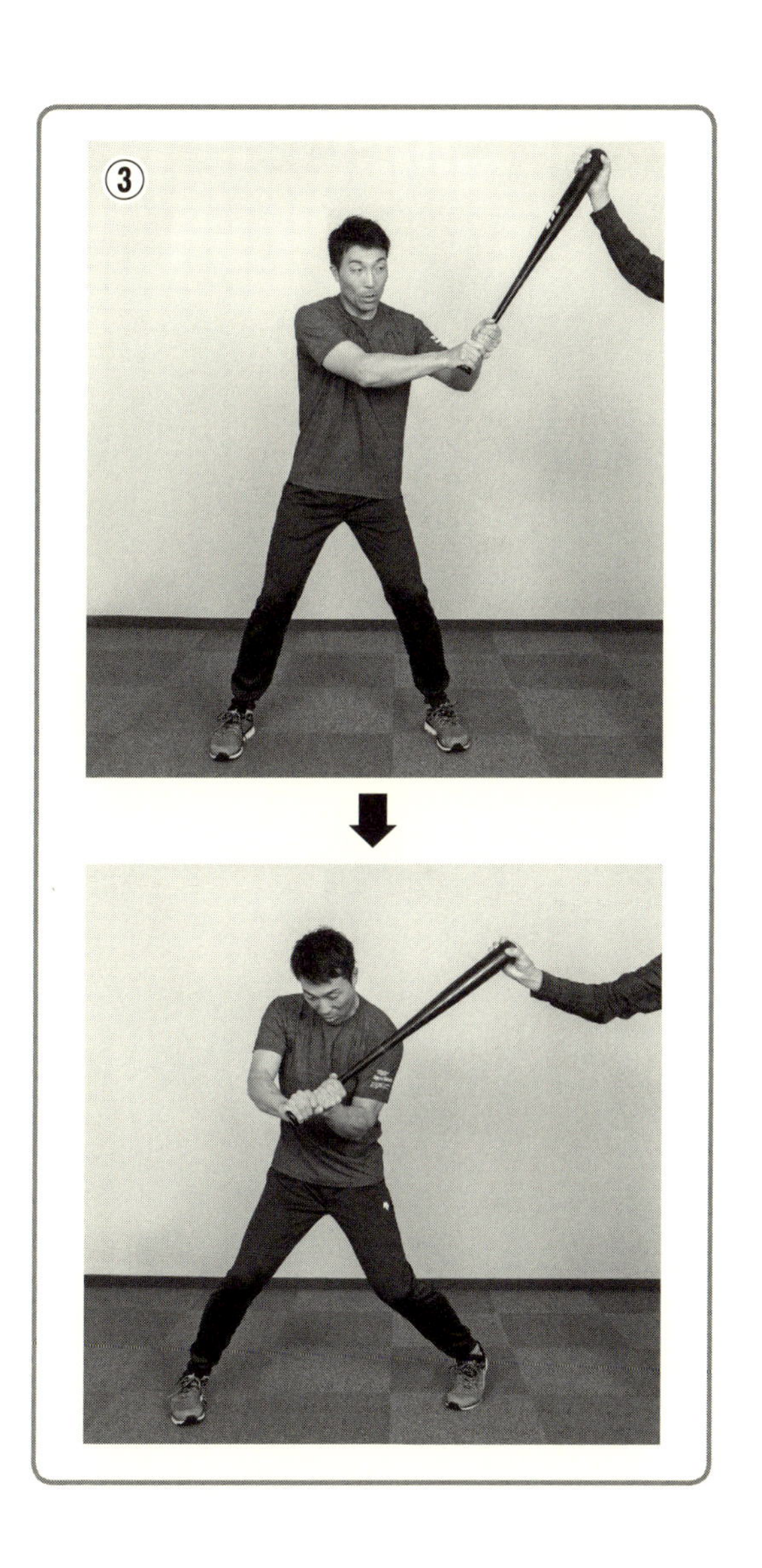

## バッティングで体が開くのを修正するためのイメージ

バッティングの際に、体が開いてしまうと感じる時は、壁を背にしてバットを振るようにしてみるといいと思う。

壁を背にすれば、バットを振った時に体が開くと前の肩が壁に触れる。だからスイングの際、前の肩が壁に触れないようにスイングをするのである（**写真①**）。

この練習方法では、バットは

思い切り振る必要はない。とにかく前の肩が壁に触れないようにスイングしながら、体が開かない感覚を身に付けていけばいいと思う。

ここでも、後ろの肘をヘソの前に入れていくイメージで振るのがポイントとなる。なぜなら、肘がヘソに入っていかないと、肩が前後に動いて壁に触れてしまうからだ。

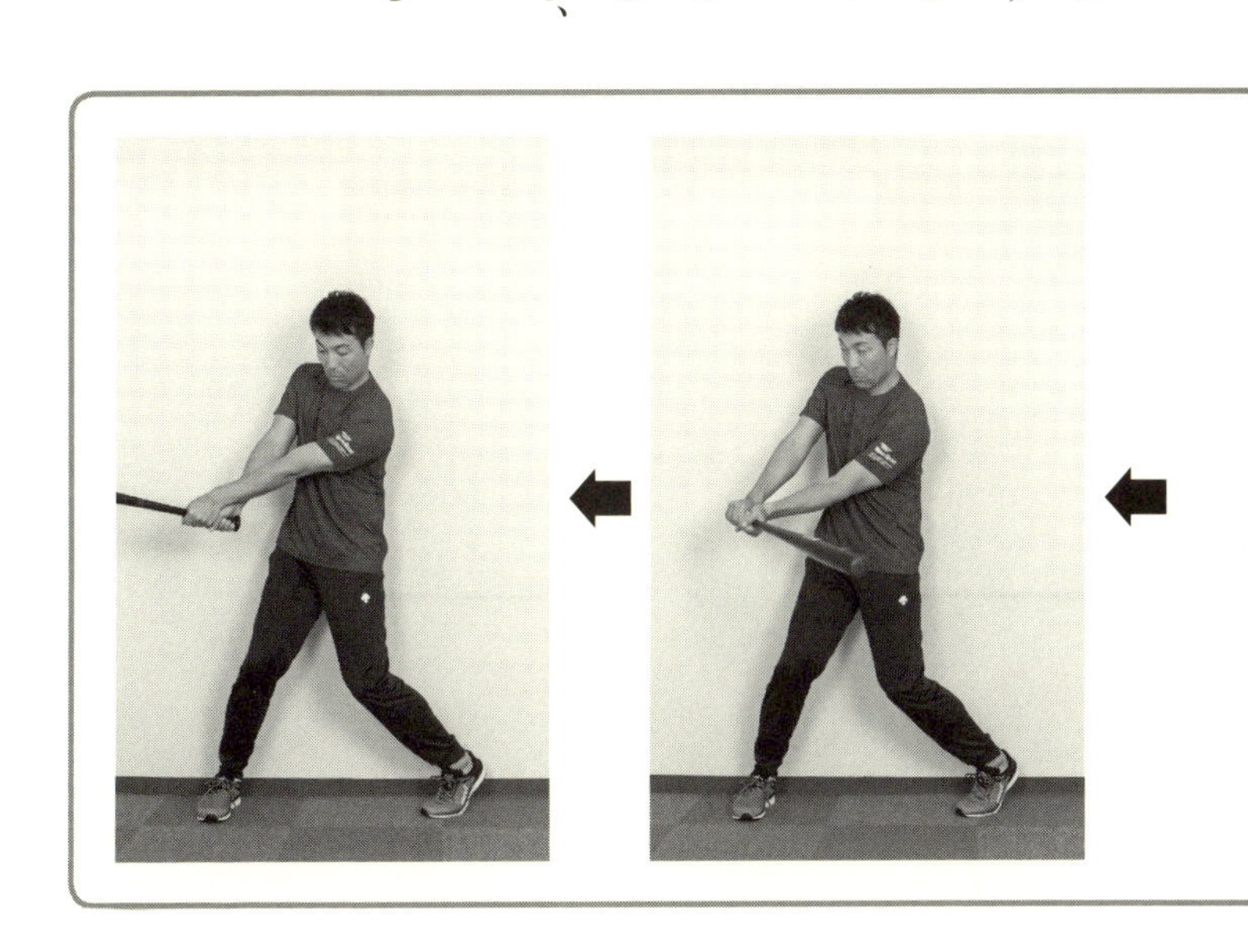

## 前に突っ込むような形の矯正法

私は現役時代、どちらかというと投手寄りに体（右肩）が突っ込んだような形（写真①）になりやすいタイプだった。

これではどうしても体が開いて、インコースのボールゾーンをスイングするようになってしまうので、私はそれを矯正するためにあえてアッパースイング（実際には違うのだが）になるようなイメージ（センター方向への軌道を出すために、バックスクリーンの上にはためくフラッグを狙うようなイメージ）で打つようにしていた。そうするとトップの形がイメージする場所に入りやすくなった（写真②）。

今までに染み付いたクセというものは、なかなか修正も容易ではない。クセを直したいのであれば、時にオーバーなくらいに逆なことをしてみるのもひとつの方法だと思う。

悪い例
①

②

## テイクバックで、トップが後ろにいかない人には

これも私のバッティングの傾向なのだが、私はテイクバックの時、トップを後ろにあまり引けないタイプだった（写真①）。

しかし、強い打球を打とうと思ったら、テイクバックの時は弓を引くように、トップを十分に後ろに引かなければならない。

その感覚を身に付けるために有効なのが、キャッチャーフライを打つイメージでバットを振ってみることである（写真②）。

キャッチャーフライを打つようにしてトップをつくる。するとテイクバックした時、トップが相当後ろに引けているはずである（写真③）。

実際にキャッチャーフライを打って、理想的なトップの位置を確認するのもいいだろう。

悪い例
①

②

③

## インコースの打ち方

あくまでも私なりのバッティングイメージなのだが、インコースを打つ時、私はいつも通りアウトコースのボールを打つイメージで打ちにいき、「バットを振る」というよりも、インサイドに対して「素早く手を出す」イメージ（**写真①**）で打っていた。

私の場合、最初からインサイドのボールをイメージした状態でバットを振ると、どうしても体が開きやすくなって、アウトコースのボールにうまく対応できなくなってしまう（**写真②**）。そうなるのが嫌だったので、基本スイングはあくまでもアウトコースを打つイメージを保ちつつ、インサイドのボールにも対応するようにしていたのだ。

私は基本的に、待ちスタイルとして「真ん中からアウトコースのボール」を

「センター方向に強く打ち返す」ことを常に意識するようにしていた（インコースのボールも、結果的に引っ張ることはあっても、あくまでもセンターに打ち返すイメージ）。だから私の場合、インコースだからポイントを前にするとか、アウトコースだからポイントを後ろにするという考え方はなかった。

## 左中間へのバッティングを身に付ける練習

### ❶バットを短く持つ

左中間へのバッティングを身に付けるために、私はティーバッティングの時にバットを極端に短く持ち（写真①）、センターのやや左に打つ練習をしていた（写真②）。またこの時、できるだけ長くボールがバットにくっ付いている（バットにボールを乗せて運ぶ）ようなイメージを大切にしていた。

バットを短く持つのは、バットをコントロールしやすいからである。いきなり長く持ったまま左中間へのバッティングをしようと思っても、思い

通りのインパクトで狙った方向に打つのはなかなか難しい。

だからこの練習では、スイングの速さや強さはまったくいらない。軽く振りながら、左中間へ打つポイントと感覚を体に馴染ませていけばいい。そして、ある程度その感覚がつかめてきたら、バットをちょっと長く持ってみたり、あるいはスイングを速くしてみたりしてスイングのギアを上げていくといいだろう。

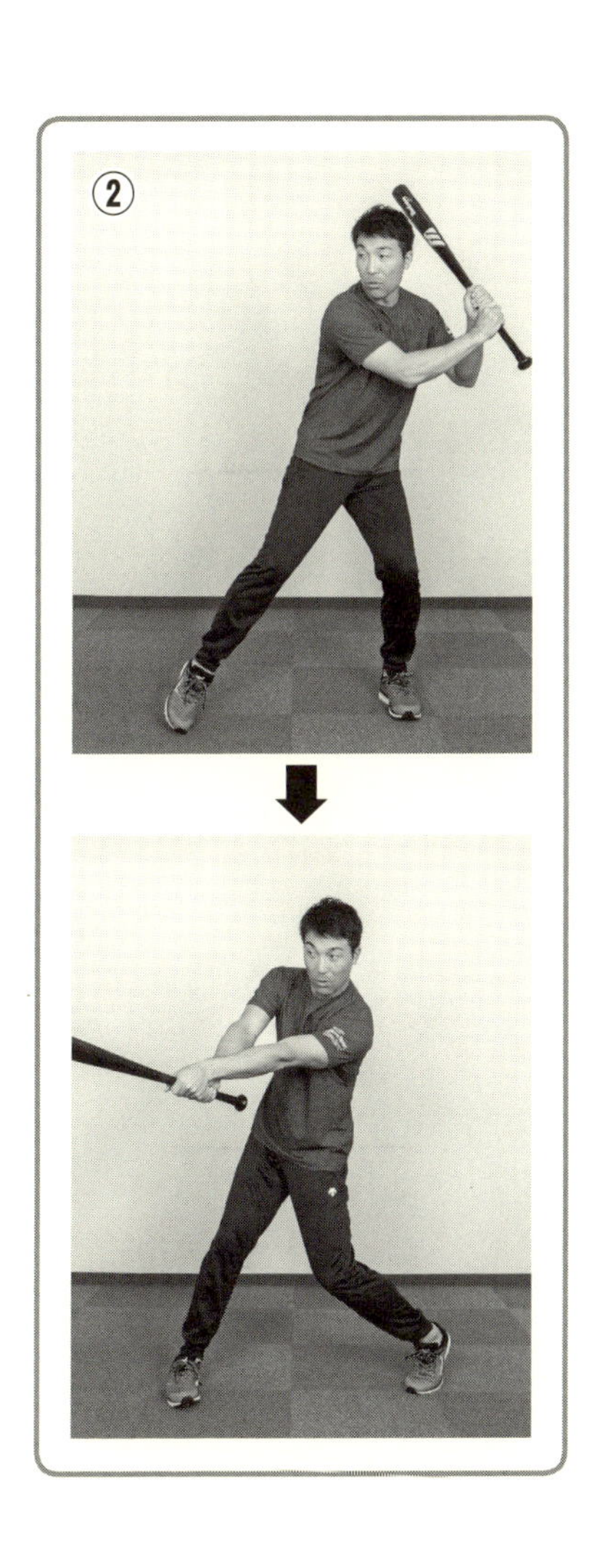

### ❷バントのような握り方で振る

バットを握る時、両手の間隔を空け、バントのような握り方（写真③）で左中間へ打つ練習も取り入れていた。

この握り方がいいのは、両手が離れたことで後ろ手の肘がしっかりとヘソの方向に入りやすく、正しい腕の動きとスイングをイメージしやすいことだ（写真④）。

これも①で説明したのと同様、できるだけ長くバットにボールが触れているようなスイングを心掛ければいいと思う。

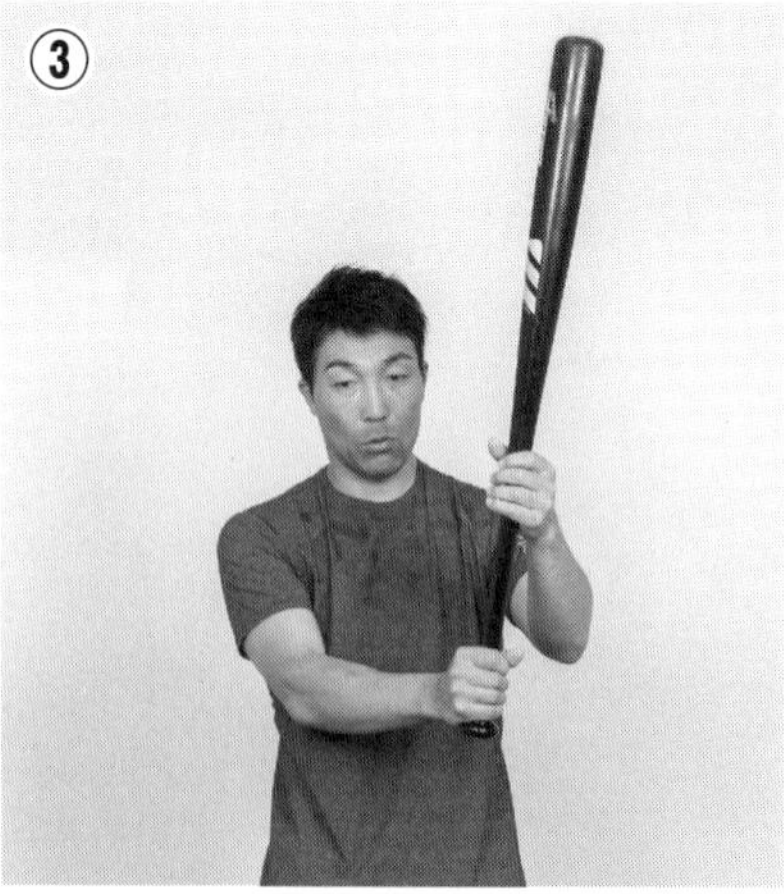

③

④

## ❸片手打ち

後ろ手だけでバットを握って（写真⑤）ティーバッティングを行う場合、肘がしっかりヘソ方向に入らないと引っかけるような形（写真⑥）となり、左中間へ打つことはできない。

片手打ちで左中間にいい打球を打ち返そうと思ったら、後ろ手の肘は必ずヘソ方向に入っていかなければならない（写真⑦）。

私は現役時代、「トップの位置が決まらない」と感じたらこの練習をするようにしていた。片手で左中間に打つには、肘の動きだけでなく、正しいトップの位置になっていないとしっかりボールを捉えることができない。逆に言えば、正しいトップでないと、肘はヘソに入っていかないのだ。

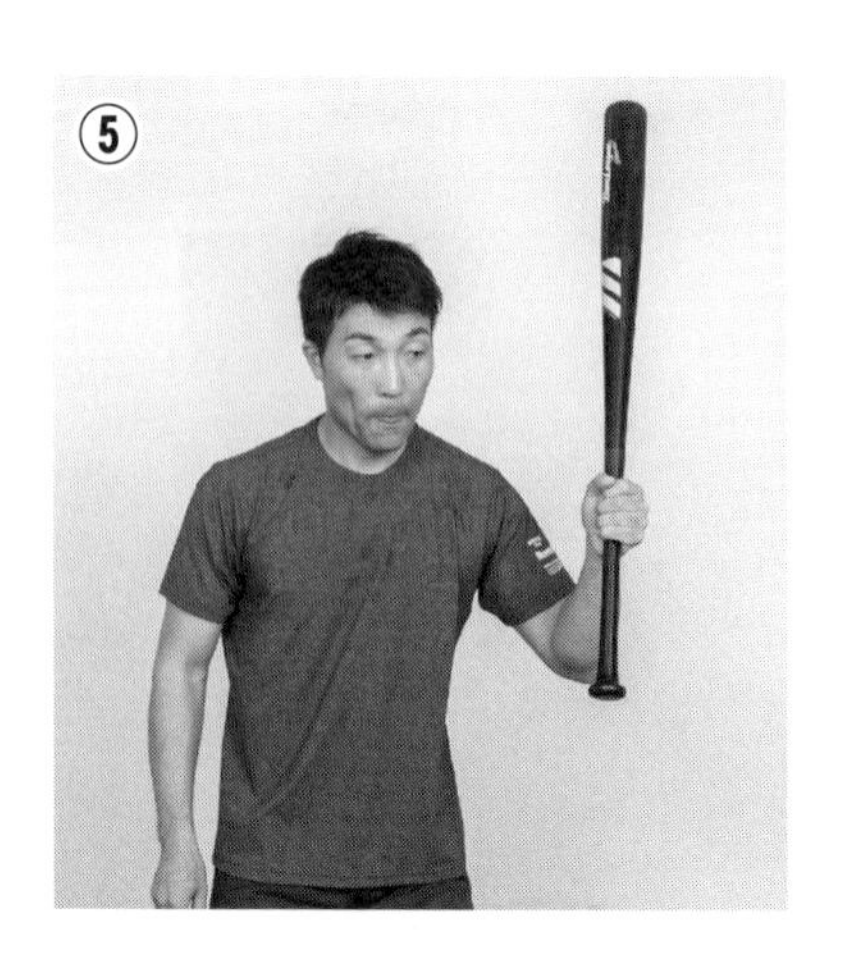
⑤

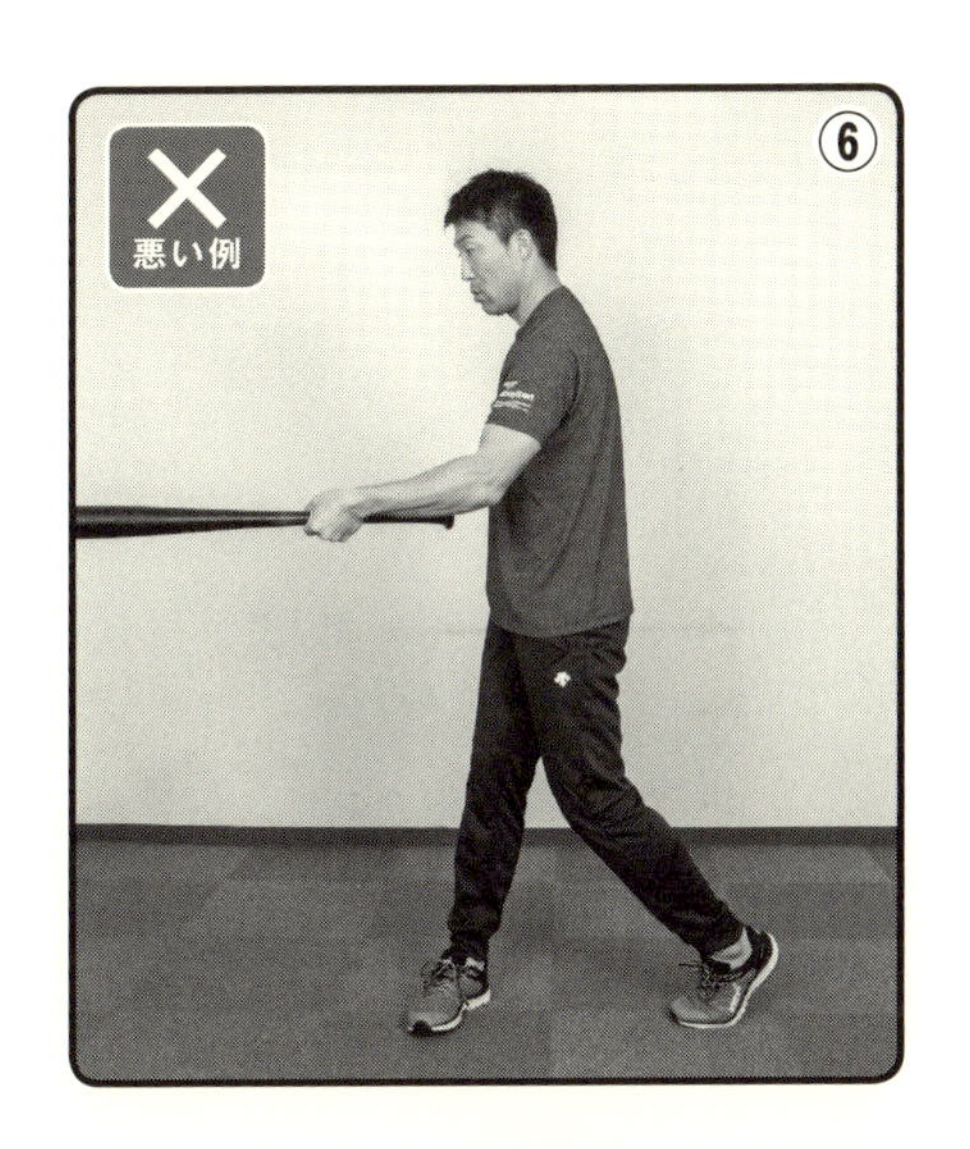
⑥
悪い例

⑦

この練習でしっかりボールを捉えることができるようになったら、後ろ手でつくったトップ（写真⑧）に、前の手を添えるだけでそれが正しいトップの位置となる。引っかけたゴロなどが増えてきたら、この練習方法を試してみるのもいいと思う。

本章では、私なりのバッティング理論をいくつか簡単にご紹介させていただいた。読者の方々の考えとは違う部分もあったかもしれないが、「なるほど、そういう考え方もあるのか」とみなさんの引き出しに収めていただければ幸いだ。

ここまで本書で繰り返し述べてきたことだが、自分のやりたいことを実現させるための方法はひとつではない。いろんな方法を考え、試していくことが大切なのだと理解してほしい。

成功に近道はない。失敗もあなたの引き出しのひとつになる。とにかく、引き出しをどんどん増やしていけばいいと思う。そうすれば、気づいた時にはあなたのそばに、目指していた目標が迫ってきていることだろう。

8

# おわりに

読売ジャイアンツに入団して1~2年目は、ただ無我夢中に走り続けた日々だったので、結果が出ないことに対する不安や怖さというものはまったくなかった。だが3年、4年と経ち、プロ野球というものがある程度わかってきてレギュラーに定着すると、今度は「結果が出ないこと」に対する不安のような気持ちを感じるようになってきた。

現在、福岡ソフトバンクホークスの会長を務めていらっしゃる王貞治さんは現役時代、開幕後にホームランが1本出るまではとても不安だったという。あの「世界の王」と呼ばれた人でさえ不安を感じていたのだから、私のような普通の選手が不安を感じるのは、当たり前と言えば当たり前なのかもしれない。

私の場合、レギュラーを外されるという恐怖よりも、結果が出ないという怖さのほうが先にあった。

結果が出ない怖さも突き詰めていけば、結果が出ない↓レギュラーを外される↓二軍に落とされる、といったことにつながっていくのだが、とにかくその最初の段階である「結果が出ない怖さ」は引退するまでの間、ずっと私にまとわりついて離れることがなかった。

では、私はどうやってその不安を小さくしていたのかといえば、それは本書でも繰り返し述べてきた「練習」と「準備」に他ならない。

「俺はこれだけの練習をしてきたんだ」という自信、自負が、自分の中にあった不安を薄めてくれた。自分の中から完全に不安を消すことはできないが、薄めることはできる。そのためのもっとも有効な薬が「練習」なのだ。

また、「準備」も不安を忘れさせてくれる大切な要素である。試合前の準備、打席に入る前の準備、明日に備えての準備など、すべての準備は成功するために欠かせないものであり、不安を薄めてくれる、あるいは小さくしてくれる作用も併せ持つ。

本書では、プロで成功するためにはどうしていけばいいのか？　プロで成功した超一流選手は何が違うのか？　といったことについて、私なりの考え方を述べさせていただいた。

結局のところ、プロで成功するためには「練習」をするしかないのだが、その取り組み方を間違えれば成功する確率は大きく下がっていく。また、その取り組み方の「正解」は人それぞれで、それこそ無限に存在することも本書で繰り返し述べてきた通りである。

成功するために何を選び、どこに向かって進んでいくか。それを決めるのは、他でもない自分自身である。

成功するか、しないか、それはやってみなければわからない。だからとりあえず、じっとしていないで動いてみよう。やるべきことをやっていれば、結果はその後に付いてくる。本書が、その成功に近づくためのヒントになることを私は願っている。

２０１９年４月　清水隆行

# プロで成功する人
# しない人

---

2019年6月7日　初版第一刷発行

著　　者／清水隆行

発 行 人／後藤明信
発 行 所／株式会社竹書房
〒102-0072 東京都千代田区飯田橋2-7-3
☎03-3264-1576（代表）
☎03-3234-6208（編集）
URL　http://www.takeshobo.co.jp

印 刷 所／共同印刷株式会社

カバー・本文デザイン／轡田昭彦＋坪井朋子
カバー写真／産経新聞社
本文写真／小堀将生
編集・構成／萩原晴一郎

編集人／鈴木誠

Printed in Japan 2019

乱丁・落丁の場合は当社までお問い合わせください。
定価はカバーに表示してあります。

ISBN978-4-8019-1934-1